夕陽之後

賴邱和也／著
KAZUYA RAIKYU

目錄

一第一章一

韋梃愚

只要被人們認定是有價值的東西，
不管怎麼樣都是好看的、都是正確的，
這點在任何情況下都是適用的。

我已經沒辦法再繼續向前了。我清楚地明白著這一點。

我窩在床上，聽見哥哥走出家門的聲音，我卻賴在床上，一動也不動。

「梃愚！起床了嗎？」房間外傳來母親溫柔的聲音：「再不起床的話，會遲到的喔！」

看著吊掛在衣櫃外面的短袖制服襯衫和西裝長褲，瞬間又出現了一股莫名的壓力，讓我遲遲無法下床。

我用盡全身的力氣，才從床上坐起來。之後花了二十分鐘左右的時間，完成出門前的準備工作。我盡可能快速的完成這些繁瑣的日常動作，在我會更不願意踏出家門之前。

我跟哥哥的上學路線是一樣的，都要搭公車到士林。但從國中開始，我們兄弟就很有默契地會錯開彼此，不會一起出門、也不會一起搭公車。

因為我跟哥哥是完全不一樣的人。

我哥跟我同年出生，讀書也是同一屆。我和他的生日差了一天，我在三月十七日凌晨兩點半出生，他在三月十六日晚上的十點半出生。我跟他是跨日出生的異卵雙胞胎兄弟，個性和長相都天差地遠。我和哥哥隔了四小時出生，聽說當年母親遲遲生不下我，後來雖然同時保全了我和母親，不過母親的子宮好像也因此受損了，沒辦法再懷孕了。

想著往事的同時，我搭上中山幹線公車，一路上搖搖晃晃的，透過車窗進到車內的光線有點刺眼，卻也不至於不舒服。從位於天母東路上的站牌上車後，公車會先轉上中山北路七段，沿著小山坡地向上開到天母圓環後才迴轉下山，哥哥會在捷運士林站下車轉搭淡水線捷運，我則會在前一站福林橋下車。晴天的話我會從這裡開始走去學校，大約要走二十分鐘，雨天的話則會右轉到中正路上，轉搭行駛著中正路，開往社子、三重等方向的公車，然後在校門口下車。

今天是晴天，因此用走的。

下了公車後，踩在紅灰色相間的人行道磁磚上，走在穿著相同制服的人群之中。卽使每個人被相同款式的服裝拘束著，每個人大概還是很不一樣吧！

今天是開學第一天，進到教室後，我按照座號找到了位置坐了下來，並靜靜等待著時間流逝。待在苦悶的教室之中，我的雙眼通常不是盯著窗戶外面，就是盯著教室中的人群。

對我而言，人們身上的任何一小個動作都很值得注意。

他們說話時候的眼神、口吻，還有手部的細節跟很多他們不經意做出的微小動作，或許連說話者本身都沒有察覺到，不過那卻總是成爲判斷說話者所說的話背後眞正含義的重要依據。

我用這樣的方式，看著這個世界、看著他們。

是用看的，只能用看的。我沒有辦法開口跟他們說話。

這麼說可能會讓人誤會我是啞巴，說得更正確一點，是「我不知道怎麼開口跟他們說話」。

我沒有辦法在人群之中開口暢談，我不會大聲地發表自己的意見，我沒有辦法和別人建立那種所謂的「關係」。

對我而言，那些都是屬於某些人的特權，就是一個群體之中，總會有某幾個高調又醒目的團體，也就是所謂的「上級」，又或是夯哥、夯姐們吧！大概就是像他們那樣的人，才享有的特權。

其實跟人聊天時我也會感到喜悅、和人互動時也不會不開心，但是不知道爲什麼，心中好像一直有著那樣的什麼，讓我在團體當中覺得彆扭。

教室的吵鬧聲在老師進教室後總算漸漸變得小聲。其實上課鐘聲這種東西只是用來提醒老師的，對學生而言，眞正安靜的開始是老師走進教室的剎那，並非上課鐘聲響起時。

開學日，老實說這樣的日子特別容易讓我不舒服。

在沒有經過我同意的情況下，恣意的把我分配到一個新的環境。沒有人知道我是誰，我赤裸地被一雙雙眼睛直盯著看。我抓緊大腿部分的制服西裝褲，希望時間能夠快一點過完。

早自修的時間把教室和座位整理整頓好後，就開始領書，領完書後剛好響起了下課鐘響。

許多高一時彼此就相互認識的人打鬧成一片，透過共同朋友，彼此把自己的朋友相互介紹給另一群人，不到五分鐘的時間，就打成一大片。

而其中最耀眼的那個人，叫做陳子毅。

不過教室中也有許多和我一樣坐在位置上的人，因爲我們都淸楚知道自己在校園之中扮演的是什麼樣的角色、該怎麼樣去表現。

「今天也一樣不舒服嗎？」下課時間，小泉走到我旁邊。

「早上明明還好的。」我小聲地說著，一邊把身體用體育服外套裹著。這樣的動作容易讓膽怯的自己更沒自信，駝背感覺也會變嚴重，但我卻還是經常這樣子做，或許是這樣的動作給了我所謂的安全感吧！

「不要勉強比較好喔！」小泉一邊對著我說，一邊摸著我的頭頂：「如果不舒服要快點回去休息。」

小泉是我高一的同班同學，我們高一班之中，就只有我和他被分配在同一個高二班。也因爲之前就是同學，他對我總是身體不舒服的情況也很了解。不過我自己也知道，很多時候所謂的不舒服，都是心理作用。

小泉的全名叫做范姜孝泉，有特色的名字加上身高略高，皮膚微黑，他似乎也是學校棒球社的主力，是標準的運動型男孩，給人一種很爽朗的感覺，在人群之中他很容易就被人記住。

他高一時就認識像是陳子毅他們那些「上級」的人物。雖然說小泉也算是「上級」的一分子，但是他卻和其他夯哥不太一樣，彷彿無視那條「界線」的存在，會主動開口和像我這樣的人說話。

高一時每當小泉跟我說話，我總是先猜想著他的目的，從他說話的方式看起來不像是來找碴或是戲弄人的。因爲不知道爲什麼他會跟我這種人搭話，讓我總是對他的行爲一頭霧水。而跟他說話時，我也總是覺得整個教室的目光都被吸引到這邊，因此壓力很大。但日子久了之後，我發現他眞的跟我所認知的「上級」不太一樣，我也漸漸能用比較自然的方式跟他對話，到後來甚至會在只有我跟他兩個人，不會被其他人聽到的情況下叫他小泉。

因爲小泉念起來跟孝泉其實很像，因此我認爲卽便眞的不小心被聽到也不會怎麼樣。不過據我所知，其餘「上級」的夯哥們，大多只叫他的姓，范姜。

第一節課剛好是班導的課，因此不可避免地開始進行了自我介紹的環節。班導以活潑熱情的口氣，一一叫大家上台自我介紹。我的心跳得好快，臉頰也開始發燙。

有別於我高一的班導，是個有點年紀教英文的女老師，高二的新班導是很年輕的男老師，帶著一副黑框眼鏡，教的科目是國文。我最怕遇到這種活潑年輕、剛出社會、滿懷熱忱的男老師，總是希望創造和樂融融的班級風氣，這種老師的努力，無異於以卵擊石，「上級」的學生總是以戲謔的口吻和鄙視的眼神回應老師的理想。講一些自以爲幽默有趣，實則空洞的話，竟然也能把大家逗得哈哈大笑，而老師的一腔熱血卻總是讓「下層」的學生更加難堪。

講台上的高度幾乎讓我快要窒息。輪到我上台的時候，我盡量去無視台下一雙雙的眼睛，有幾個學生已經聽到不耐煩，開始在做自己的事情了。不過這對我來說是件好事，我從來就不喜歡別人把注意力放在我身上。

用盡全力總算說出自己的名字，說出自己畢業於三玉國小、天母國中。我甚至不太確定自我介紹到底要不要說出就讀的國小，最後說了我高一是102班的學生跟謝謝大家後，我踏著沉重的步伐走下講台，我想我在講台上再多待超過三十秒鐘，我或許眞的會昏倒。

當我走下台時，我看到了小泉笑著對我比了一個讚。

這個讚讓我又驚又喜，我幾乎沒有想到在這樣的情況下，能夠接收到這樣類似鼓勵的事物，不過當眼角餘光瞄到其他同學注視過來的眼神，我的臉大概一直紅到耳後了吧！我低下頭，快速地走回自己的座位上。

不過大概因爲這樣，在高二新班級這個陌生的環境裡，我開始會習慣地去依賴小泉。當然不是一直黏著他，在大部分的情況下，我能獨立完成許多事情，和我一樣同屬於「下層」的人大多是這樣的。不過如果遇到了一些問題，像是不知道的科任教室位置，體育課集合地點，或是回條繳交期限等瑣碎的問題，我會習慣性的去問小泉。

回過神來，已經下課了，才一節課的時間，卻彷彿已經過了一整天，我精疲力盡的坐在座位上。教室的吵鬧聲響，讓我坐立難安。不過只要一想到剛剛小泉對我比的那個讚，不知道爲什麼，心裡有股那樣的什麼促使我覺得，我有辦法把今天順利的過完。

第一節下課，「下層」的同學也開始嘗試跟自己相同屬性的人說話。而且不管男生或是女生，一定都是倆倆爲一組，「下層」的同學不會一大群人成群結隊的，那是不被允許的，即使沒有人知道這些事情是誰規定的。「下層」都是兩個人一起行動的，因爲只要這樣就足夠了，分組時不會落單就好了。

高一跟我一起行動的人叫江傑，他長得很帥，看起來也是個很耀眼的人。很會打扮的他，習慣將長袖的制服襯衫捲成七分袖，皮鞋是像上班族會穿的雕花比德鞋，頭髮的瀏海略長，兩邊卻剃光，看得出來是非常努力打扮自己的人。

爲什麼這樣的人，應該是很耀眼的人，會跟我走在一起呢？

當時校園中比較有人氣的「上級」男生，在我們高一班有三個。

在友情當中，奇數是一個非常脆弱的數字，那三個人包含了范姜孝泉、江傑還有一個男生。但是爲了取得所謂的平衡，江傑就這樣，理所當然的被另一個男生踢出了他們三人的圈圈中。之所以會說是另一個男生把江傑踢出去的，是因爲我覺得小泉不像是會做出這種事情的人。

這些話當然不是江傑告訴我的，全班的人大多都心知肚明，但不會有人去把這樣的事情戳破。

至於被「上級」擠出的江傑，他爲什麼又會選擇我呢？這點我到現在都還不知道。不過讓我慶幸的是，男生的「上級」，並不會開太過分的玩笑，因此我也沒有因爲和江傑走在一起，遇過什麼刁難。男生們頂多是講一些無聊的笑話，不理他們的話，通常他們覺得無聊就會散去了。女生之間就不一樣了，排擠、網路的言語霸凌都很嚴重，甚至會開很惡劣的玩笑。

「范姜！走啦走啦！」教室響起了陳子毅他們的聲音，小泉果然和他們已經是一片了。幾個「上級」上了妝的夯姊也靠攏過去，他們一群人嘻嘻哈哈地走出了教室。

我隱約聽到其中一個叫葉家恆的男生，問了小泉上一節下課在跟誰說話，而小泉回答了什麼我就沒聽清楚了。

他們走出去後，我緩緩地站起來準備去廁所，一邊走著，一邊注視教室裡的男同學們，我希望能盡快找到，要和他一起渡過高二、高三這兩年的那個人。可是被動的我，眞的很難找到，仔細想想高一時也是江傑主動找我，我才有辦法順利找到同伴。

我一邊想著，一邊向前走，結果在走廊上沒注意到就撞上人了。

我低著頭，看到眼前修身的窄管西裝褲加上像日本高中生一樣的黑色樂福皮鞋，我在心裡認定了對方大概是「上級」的夯哥。

撞到誰都沒關係，一句道歉後，低下頭快速離開就好，我已經很習慣用這樣的方式處理任何事情了，可偏偏我撞到的人是陳子毅。

「不好意思，對不起。」我趕緊說，我把頭壓得很低很低。

「你還好吧？」他問我。

「我……沒事。」我結巴地問了對方：「那……你呢？」

對方搖了搖頭說：「沒事。」

我想我的臉現在應該很紅吧！

他對我笑了笑後，就離開了。那笑容給人的感覺好舒服。

那就是我們第一次說到話，在非常尷尬的情況下。

結果我開學第二天就請假了。

我覺得我已經沒辦法再繼續向前了，我清楚地明白著這一點。卽使第一天我已經順利度過了，但是隔天一早，我莫名的想吐，吐出來後，我全身無力攤在床上。

「今天應該沒辦法去學校了。」母親進到房間對著我說。

「是啊！」我說著：「有點不舒服……。」

「那趕快休息吧！」如果是以前，聽到我不舒服時母親的反應大概會是馬上摸我的額頭看我有沒有發燒，然後問我會不會頭暈、想吐。

但是現在的她已經不會這麼做了，或許是因爲母親知道，當我說不舒服，我只是想要逃避。因此久了她也就不再多問，與其說是她習慣了，不如說是母親也累了。

母親好像還想跟我說什麼，但卻欲言又止。

「媽，不用管我了，妳等一下不是還要去上社區大學的課程嗎？」看著母親用緊皺的眉頭打量著我，我趕緊說。

「對啊對啊！」母親鬆開眉頭，笑了出來：「梃愚這樣眞好呢，梓愚從來不會去記有關媽媽的事情。」

我對母親笑了笑：「那我先休息了。」

母親每個星期都會到家裡附近的台北市立大學參加社區大學舉辦課程或是活動，母親很喜歡到那邊結交朋友，她是一個喜歡、並且懂得社交的女性。這一點身爲兒子的我似乎完全沒有遺傳到她。

我躺在床上，瀏覽著手機裡面的社群軟體，高二那時候剛好是一個社群軟體的過渡期，大家正逐漸從Facebook轉到Instagram。像是陳子毅或是小泉，他們的帳號通常都是設定爲公開的，而且粉絲數都是百位數，在那個時候Instagram才剛起步，也不是每個人都有在用的情況下，這樣的粉絲數已經很多了。

我透過社群軟體，窺視著「上級」的生活。

同樣都身爲高中生，他們的世界跟我們的世界，生活落差到底有多大呢？

我點開YouTube，閉上雙眼，讓它在一旁隨機播放歌曲。

小幸運。

電影我的少女時代的主題曲，田馥甄的小幸運。一聽到這首歌，原本沒帶有任何色彩的情緒，瞬間鬱悶起來，又或者是煩躁。

我不喜歡這類型的電影，這些電影所勾勒出的青春想像，給人帶來對高中生活的憧憬，或是對一場校園戀愛的期待，都是那麼的不切實際。這些全都是與我無關的事情。

這樣的劇情，就算出現在現實生活，也會是出現在「上級」的世界中吧！不過或許進到電影院去看的話，能給人一種身歷其境，給人一種「原來這就是『上級』嗎？」的感覺也說不定。

哥哥好像也帶著他的女朋友去看了，聽說他女朋友看完哭得淅瀝嘩啦，也不知道是爲了什麼而哭。

陳子毅應該也帶著他的女朋友去看了吧？

不知道爲什麼，腦中突然想到這件事情，明明與我毫不相關。或許是剛剛看完他的Instagram才會去想到他吧！

不過我似乎就連在學校，也會不自覺地去注意他。

起初，我以爲自己是在看小泉，但其實我始終注視的人，都是陳子毅吧！

是從什麼時候開始這樣的呢？

就是從那時候開始的吧！強烈的陽光灑落在走廊上，他的笑容在陽光下閃閃發亮。就是從那時候開始，我開始注視著這個耀眼的人。

他搖了搖頭對著我說「沒事」，穿過走廊的強烈光線，讓我看不清楚他帥氣的五官，我知道就是從那之後，我開始注視著他。但是在那個當下，我完全沒有意識到，這會讓我的高中生活產生改變。

某天放學後，我一如往常地獨自收著書包。

「喂！快一點！」叫葉家恆的男生催促著。

「急什麼啦？」陳子毅嚷嚷著。

「我今天想去士林夜市一下。」

「去幹嘛？」

「去運動運品店啊！」

「欸！不會是要買新鞋子吧！」小泉眼睛突然亮了起來。

「才不是勒！」葉家恆說著：「最近沒錢啦！沒錢！」

「你這傢伙！沒錢還去買東西啊！」陳子毅用誇張的語氣說完，逗得大家哈哈大笑。

彷彿教室只有他們。

「我要去買白色的運動襪啦！」

「誒？你腳上不就有了？」

「髒很快嘛！每天都要穿，很快就又要買新的了。」

我的視線放到葉家恆他的腳上。他將白色的Nike運動襪穿在黑色的皮鞋裡面，明明白襪配上黑皮鞋只有老人才這樣穿，但現在卻一堆高中生這樣穿，Nike的黑色Logo不會被訂做的九分西裝褲褲管遮到，剛好可以在皮鞋鞋緣和褲管下緣中間的那部分露出。

只要是Nike就可以了。

明明白襪子配上黑皮鞋是被唾棄的阿公式穿搭，但如果裡面的白襪子是Nike的那就沒關係。只要被人們認定是有價值的東西，不管怎麼樣都是好看的、都是正確的，這點在任何情況下都是適用的。

我在他們一行人之前走出教室，但不久身後就傳來他們的聲音。走在距離他們十公尺的前方，依然可以聽到他們嬉笑打鬧的聲音。

他們讓人感到刺耳的聲音、夕陽在建築物上的餘暉、校園中的片片落葉、皮鞋的腳後跟正逐漸被地面磨蝕，一切的一切都使步伐變得更加沉重。

今天搭公車吧！

其實校門口的站牌有可以到家裡附近的直達車，只是車班較少，因此我還是習慣走到中山北路上的福林橋搭車班較多中山幹線。不過今天如果用走的，等等在等紅綠燈可能會遇到要去士林夜市的他們一行人，爲了避免這種尷尬的情況，我選擇慢慢等車班較少的公車。

我獨自一人在公車站牌等車，站牌充滿了我們學校和鄰校的學生。

看著車水馬龍的中正路，我想著，我們每天重複著一樣的日常、每天在台北這個城市中汲汲營營的人們，我們到底想要獲得什麼呢？我們又要往哪裡去呢？

不管現在在校園扮演著什麼樣的角色，我們都要考大學，未來都必須努力的去工作。不管是「上級」還是「下層」。

就算知道未來有一天都會被逼著去面對現實，但對於高中的我而言，對於遲遲無法向前的我而言，那樣的未來，都太過遙遠了。

眼角的餘光看到陳子毅他們一群人走了過來，讓我回過神來。

原本以爲他們會就這樣穿過公車站牌，繼續走向士林夜市。但我卻沒想到，小泉做了一個讓我不知所措的舉動。

「嗨！」他對我說：「要回家嗎？」

這就只是一句很普通的問候話語，但我卻感到很大的壓力。就在陳子毅他們的面前，小泉跟我打了招呼。

「對……。」我努力的擠出這句話。

小泉或許認爲看到認識的人打招呼是理所當然的事情，但現在的情況，他應該要選擇假裝不認識我吧！考慮到我跟陳子毅他們是完全沒有交集的人，他應該這麼做的。

我的心裡變得更加煩悶。

「我跟他高一就同班了！他叫韋梃愚。」小泉對著陳子毅他們說。

或許只是我的錯覺吧！但有那麼有一個瞬間，我似乎感受到了那名叫葉家恆的男生露出厭惡、不耐煩的表情。

「你的名字很特別。」陳子毅微笑著說：「自我介紹時我一聽到，就一直想跟你說了。」

「誒？什麼？」因爲太過驚訝，我發出了怪聲音。

我的臉頰紅得發燙。

「你家在哪啊？」陳子毅主動問了我。這個漫長的對話為什麼還不結束呢？

「天母。」

「誒！那跟子毅一樣啊！」小泉說著。

「對喔！路線一樣的話，可以一起搭車回家。」

「什麼啊？小毅沒有要一起去夜市嗎？」葉家恆嚷嚷著。

「我本來就沒有說要去好嗎……。」

「為什麼啦？你要跟女朋友約會？」

「才不是好嗎！」陳子毅一邊說著，一邊在葉家恆頭上敲了一記。

「那不然是為什麼啦！你每次都很不合群欸！」葉家恆接著問：「那范姜你呢？要去嗎？」

「我也沒有要去哦！」

「怎麼這樣啊！陪我去啦！陪我去！」

他們三人吵成一團，我卻沒有心力去仔細聽他們在說什麼。

「路線一樣的話，可以一起搭車回家。」這句話在我腦中蕩漾著，我不斷解讀著這句話可能代表的意思。

「那范姜你陪我啦！」葉家恆拉著小泉說：「我知道小毅一旦說不去，怎麼樣也拖不動他了，所以范姜你陪我啦！」

「這樣根本是欺負我吧！」

「拜託啦！」

「眞是的，那也不一定要今天買啊！」小泉滴咕著：「好啦！陪你去啦！」

「哈哈哈！謝啦！」葉家恆像是一個孩子一樣露出笑臉。

「那我們走囉！掰啦！」

「陳子毅是小氣鬼，都不陪我去！」葉家恆還回頭對陳子毅扮了個鬼臉。

小泉他們離開後，我和陳子毅在公車亭中，兩人一句話也沒說。

所以我們現在要在這一起等公車回家嗎？

我現在突然希望小泉能留下來，至少他們兩個可以聊他們的，我則可以自己滑我的手機。

像陳子毅這種已經不只是班級中，而是校園裡「最上級」的男生，我在甚至連應該怎麼稱呼他都不知道的情況下，竟然要一起搭公車回家。

我的胃開始感到一陣震痛，好像隨時都有可能昏倒。

我們兩個都沒有說話，隨著公車靠站時發出的右轉燈聲響，劃破了沉默。

「紅12你可以搭嗎？」陳子毅問了我後，我點了點頭。

「我也可以！那走吧！」陳子毅溫柔的說。

其實如果我搖頭的話，我就可以不用跟他搭同班公車了，但是一想之後還是可能在家裡附近遇到彼此，那就可能被發現我對他說謊，因此我最後還是選擇跟他一起上了公車。

放學時間的公車上人滿爲患，我們兩個並肩站著。

這是我第一次認眞的看了他的輪廓，他就在距離我那麼近的地方。他的身高眞的很高，站在將近180的他身旁，165的我大概只到他嘴巴附近的位置。

陳子毅的外表，比較是斯文型的，除了體育課的時間外，比較少看到他去球場跟其他人一起打球，非體育課的日子，他幾乎都穿制服，這點跟幾乎都穿體育服的小泉截然不同。身材高挑、皮膚白皙的他，穿著改窄的制服長褲和合身的襯衫時，看起來很像電視上的模特。不過雖然外觀是斯文型的，但他的體育完全不遜色，籃球、跑步、游泳這些高中男生換來注視的項目他都很拿手，這或許也是「上級」的必要條件吧！

「其實我眞的很懶得出去逛逛，所以跟你搭車，剛好可以甩掉小葉他們。」陳子毅笑著對我說。他就像在避免尷尬一樣，小心翼翼地找話題，試圖打破沉默。

「啊！小葉是葉家恆。」他補充說道。

「我知道。」我笑著回覆他。

又這樣沉默了一陣子，在大部分的人都在捷運士林站下車轉搭捷運後，陳子毅指了空出來的座位對我說：「要坐嗎？」

我點了點頭。

「你在哪站下車？」

「天母國中。」我下意識的就這麼回答了。

陳子毅皺了下眉頭，笑著對我說：「紅12沒有停天中喔！」

對齁！今天搭的是紅12，不是中山幹線啊！我尷尬的說：「在特殊教育學校那站下車。」

「那你坐裡面吧！」陳子毅說：「我等等會先下車。」

「你要在哪一站下車啊？」爲了不讓他覺得我都不搭理他，我禮貌性地回問了他。

「蘭雅國中。」他接著說：「我就住在高島屋百貨後面的巷子。」

之後有好長一短時間，我們都沒有再說話。

但連我自己都感到訝異的是，我一點也不會覺得尷尬。

我將頭轉向窗外，從車窗上看著他的倒影，因爲天色還不夠暗，他的輪廓很模糊，但五官卻帥氣的很清晰。

「那，明天見！」他下車前溫柔的說著。

「再見。」我對他揮了揮手。

看著他下車的背影，我心想以前覺得那麼高高在上、那麼耀眼、那麼遙遠的他，獨處時卻是那麼平易近人。我突然出現了「好像也不是所有『上級』都是那麼的目中無人」這樣的想法。

他說話的時候總是很溫柔，不會像其他男生那樣粗獷。我應該要知道這只是身爲同學的基本禮貌，我卻自以爲這是他對我的好。明知道不可以這樣想，但我卻開始有了想要接近這個人的想法。

但我卻不知道，這樣的想法，構成了我高中生活塌陷的危機。如果我知道他的溫柔，會讓我開始出現不應該擁有的慾望，我寧可他一開始就是那種把「下層」當笑話看的人，我情願他一開始就是用戲謔的口吻，開著惡劣玩笑的那種夯哥，我情願他從沒對我這麼溫柔過。

眞正跟陳子毅更接近，是在化學課的時候。

因爲那節化學課要到實驗教室上課，實驗教室的座位是四人一桌的規格。而已經開學三個禮拜了，還沒有找到「下層」搭檔的我，一想到等一下化學課要分組坐，我的腹部就隱隱作痛。

進到教室後，陳子毅、葉家恆跟小泉找了一桌一起坐了下來。

我的腦中突然閃過江傑的畫面。不知道爲什麼，我總覺得這次如果這三個人中，有個人必須退出，我總覺得會是小泉。

一邊胡思亂想，一邊努力尋找著自己在這間化學教室中的容身之處。

我完全不知道該如何是好。

突然我看到小泉對我招招手，用氣音說著：「阿愚，來這邊！」

就像那天自我介紹結束後的那個讚一樣，小泉再一次救贖了我脆弱且疲憊不堪的身心。

但我卻遲遲不敢過去，我擔心著陳子毅會怎麼看，葉家恆會怎麼想，全班的那麼多人又會在背後怎麼講。

我簡直無法想像我如果眞的過去坐，會有什麼結果。

但環顧四周，就連兩兩成對的「下層」同學，也都找到另一半的人馬，以四人爲單位紛紛坐下了。

我厚著臉皮走過去，跟他們三人輕輕的點個頭。

我的胃好痛，頭也快要炸開了。

陳子毅輕輕的對我微笑，似乎是在回覆我的點頭，至於那名叫做葉家恆的男生，我連看一眼都不敢看。

這堂化學課過後，也不知道爲什麼，其他課的分組也開始按照這樣的模式進行著，而在小組內，葉家恆跟我從來沒有說過話。

就這樣，在我完全還摸索不清是怎麼回事的情況下，這樣的模式不知道被誰確定了的下來。班上也沒有人特別說什麼，至少表面上沒有，因爲陳子毅都沒有開口說什麼了，其他人當然也不會不識相的跑出來對這件事高談闊論。

日曆紙就在反覆的日常中被一張張撕掉。不知不覺早上出門已經要加上一件外套了。白天一天比一天短；橙色的天空一天比一天來的早。校園裡的楓葉被秋意咬出了鮮紅的血。

就這樣，遲遲無法前進的我，已經把高二生活混掉了一個多月左右。唯一有所改變的是，跟他相處的時間變多了，但卽便分組經常在同一組，我在組內也幾乎不會開口說話，因此我跟他們也沒有太多的互動。

因爲第一次段考快到了，我開始在放學後去學校附近的市立圖書館。

我去到位於巷弄中的士林分館，圖書館位於一個公園旁的大樓，外觀有點老舊，不過自習室十分明亮。比起吵雜、喧鬧的校園，圖書館是一個能讓人全身放鬆的場所。

似乎只要在這裡，就能夠完成那些自己一直認爲做不到的事情也說不定。

大部分的時候，我對未來是沒有感覺的，不過我似乎從國中開始，就很嚮往進入職場。對我而言，在職場中，我只需要做好自己分內的事情，那是一個只需埋頭做事，不需要多加思考，且跟我同年的人都是處於平等的美好狀態，在職場沒有「上級」跟「下層」，只有「上司」跟「職員」。

大部分的情況，我能獨立完成作業，沒有分組、沒有校慶、沒有體育課這樣的活動。我只需要規律地去工作，結束後就回家，然後這樣重複著。

開始在圖書館唸書一個禮拜後，我發現每天都會有一個上班族大概在七點左右，出現在圖書館。

他的年紀大概落在二十六、二十七歲左右，個子不高也不矮，大概170公分吧！瘦的，穿著白襯衫、黑色西裝褲還有牛津皮鞋，看起來很醒目。

我並不是故意注意著他。在無聲的圖書館中，他牛津鞋的木根和地面接觸的聲響，在空間中迴盪，讓人很難忽略。

漸漸的，我對這個二十多歲的年輕上班族越來越好奇。他究竟是從事甚麼工作呢？爲什麼下班還要來圖書館呢？他來做些什麼的呢？

就這樣，有好幾次我都想在去上廁所時，故意從他身邊走過，然後朝他的電腦螢幕上瞅一眼。

只不過我從來有沒成功過。

看著他，我也常思考，不知道自己以後出了社會，也會這麼努力嗎？

又開始播閉館歌了。

離開圖書館時，天空黑壓壓的一片，大概星光都被城市的霓虹給吞沒了。晚風有時朝我的臉上吹拂而來，這樣的風容易使人心煩意亂，容易把我的心吹到好遠好遠的地方去。

身邊不時傳來與我一同離開圖書館的其他高中生的謦欬聲響。有的人和三五好友一同走在灑著月光的路上，有的人像我一樣獨自走著，望著小巷的路燈，飛蛾成群的在燈泡下飛來飛去。

這些數量多的讓人厭煩的飛蛾，總是往耀眼的地方趨近啊！

「大家都會想要接近這樣閃閃發亮的人吧！」這是之後有一次，體育課結束後準備返回教室的我，偶然聽到的對話。

「是這樣嗎？」這是葉家恆的聲音。「反正眞的很厚臉皮！」

「陳子毅沒說什麼嗎？」

「誒！」葉家恆刻意拉長尾音：「你又不是不知道，小毅很擅長裝好人啊！」

葉家恆和一個染了褐色頭髮的男子，在操場旁偷抽著菸，聊著我不應該聽的話題。我認得那個男生，他也是屬於「上級」的人物，他好像也是天母國中畢業的吧！我記得國中就看過他了。

他跟葉家恆高一同班，兩人總形影不離。連我自己也很訝異我爲什麼那麼清楚這些事情，這些「上級」或許連我的名字都叫不出來，我卻那麼頻繁地去注意有關他們的事情。

他染了一頭褐色頭髮，左耳上夾帶著吸附式的黑色磁鐵耳環，腳上穿的皮鞋是馬丁鞋，左上臂隱約看得到刺青，打扮的很醒目，這樣閃閃發亮的他，是跟陳子毅幾乎同等級的，校園中的「最上級」。

「范姜那家傢伙，到底在想什麼？」褐色頭髮的傢伙一邊說著，一邊把香菸前端的煙灰敲掉。

「誰知道啊！」

「不過雖然分組很常同一組，下課應該不會有互動吧？」

「誒？別開玩笑了！連分組討論都沒有互動。」葉家恆說著。

「不過我大概可以知道范姜爲什麼這麼做了。」

「爲什麼啊？」

「如果不拉著他，范姜會落得跟江傑那傢伙一樣的下場吧？」

「是這樣嗎？」葉家恆一臉不在乎地反問道。

「反正三人之中，陳子毅是不可能落單的，不是嗎？」褐色頭髮的傢伙對葉家恆笑了笑。而葉家恆則是露出了我從未見過，錯愕且帶有不安的表情。

我快速地離開，沒有目的的快速往前走，彷彿身後有那樣巨大的什麼隨時會將我吞噬殆盡。

我清楚知道這個對話的主角是誰。

一整天，我都在快喘不過氣的狀況下度過，下午一度也想著要請假，就這樣跑回家裡，反正我一直都很擅長逃避，但是最後因爲找不到班導而作罷。

因爲我「越界」了嗎？我破壞了所謂的「規定」嗎？我破壞了所有人都在努力遵守並且維持的「秩序」。

即使心裡明白今天大概也念不了什麼書了，但是我還是一如往常的在放學後到圖書館去報到。

沿路上，葉家恆跟褐色頭髮的傢伙的聲音揮之不去。

車水馬龍的路上，此起彼落的喇叭聲、人行穿越道那爲了輔助盲人過馬路的布穀鳥叫聲、女高中生吵鬧的笑聲、男高中生互罵髒話的聲響，與此刻我複雜的心情，用力的交疊在一起。

好像所有聲音都提醒著我，永遠不要忘記這一天。

台北混亂的交通滲入我的思緒中，一眼望去，街上的事物都讓人煩躁。

今天的圖書館怎麼特別遠呢？

等我到圖書館時，天空已經被染成一大片橘色。也不知道是我真的走得特別慢，還是黃昏真的一天比一天來的早。

找了個位子放下書包，拿起水瓶走向茶水間。

被夕陽吸引住的我，不由自主地停在走廊上，將雙眼望像窗外。

把水壺放在一旁後，我拿起了手機準備捕捉這片橙色風景。

「夕陽很漂亮吧。」有人站在我身旁，望著窗外夕陽，對著我說。

轉頭看了眼那個對我說話的人……。

是那個年輕上班族。

—第二章—

陳子毅

我到底是爲了什麼，
才待在這個地方呢？
爲了那看似無限寬廣的未來嗎？

今天的我，一樣要一如往常的偽裝嗎？

我躺在床上思考著答案早已預設好的問題。

我把自己的身體微微傾斜，然後讓自己從床上滾下來。

在一片漆黑的房裡，透過深色系窗簾進入房間的陽光是唯一光源。

依靠著稀微光線，我環顧著再熟悉不過的房間。

從衣櫃中拿出制服，套上制服襯衫前，還不忘要在裡面加上一件自己的便服T恤。接著把雙腿套入褲管被改緊的西裝褲之中。

走向窗邊，拉開了窗簾，刺眼的陽光灑入。

我走出房間，進到了浴室盥洗。站在洗手台前，我抬起了頭看著鏡子中的自己，看著那張彷彿是爲了給別人看才存在的臉。

沒錯，不管是怎樣的臉蛋，不管端正還是精緻，都是別人定義的。

暑假一轉眼結束，我即將面對的是生命中最青春的一年，十七歲。

今天是開學第一天。唯一讓我放心的事情只有小葉跟我被分到了同一個班級中。

我和小葉不是國中同學，高一也沒有同班，但也不知道爲什麼，我和他就是這樣莫名其妙的認識了。看到他的第一眼我就知道，他會是我高中身涯中很重要的存在。

高一時和小葉走在校園之中，經常有人跟他打招呼，可以感受到他國中時期大概就是一個醒目的人。漸漸的，他的朋友我都熟悉了，我的朋友他也都認識了。在校園中，大家習慣性地會去接觸和自己屬性相同的人。

「陳子毅。」在上學的路上，我被人從背後用力撞了一下。

「好痛！」我一邊說一邊回過頭喊道：「你幹嘛啊！葉家恆！」

「果然是你！」小葉哈哈大笑著。

「什麼跟什麼啊！」我問他：「那萬一不是我你打算怎麼辦？」

「哈哈哈！那就很尷尬了。」

我不知道要回答什麼，只是看著這樣總是不拘小節的他、總是可以這樣開懷大笑的他，不知道爲什麼，他就是能夠做到這樣。

「不過，看到那種漫不經心走路的模樣，感覺就是陳子毅啊！」小葉把手勾到我的肩膀上。

「是嗎？很多人走路的時候，都是漫不經心的。」

我們兩個就這樣一路打鬧到教室去，因爲是開學第一天，進到教室後會先按照座號入座。高中座號大多是按照姓氏筆劃下去排列的，我的「陳」筆畫是十一劃，而小葉的「葉」則是十四劃，因此我們兩個只差一號，座位中間只隔著一個不認識的人。

進到教室後，小葉繼續著剛剛還沒說完的話題，他彷彿把夾在我們中間的那個人當作空氣一樣，自顧自的講著話。

眞蠢。

看到這樣的小葉，一股煩悶感從心中浮現。

炎熱的教室讓我提不起勁。就算暑假已經結束了，天氣還是那麼熱啊！而冷氣卡大概要等到班導來才會一起被帶來吧！

我整個人呈現一種很慵懶的狀態，小葉大概也覺得沒什麼意思，就沒再繼續說什麼了。

不久，老師走了進來。

是個大約三十出頭的男子，帶著一副黑框眼鏡。

他充滿活力地走上了講台，便開始滔滔不絕的說個不停。老實說，我最怕遇到這種熱血的男老師了。而且他看起來明明一臉就是教體育的，沒想到好像是教國文的。

「老師，你是我們的體育老師嗎？」從後面傳來小葉的聲音。他一說完就弄得大家大笑。

眞是白痴，我們又不是體育班，班導怎麼可能是體育老師，小葉這傢伙八成在跟我想一樣的事情，才故意問了這種白目問題。

「不是喔！」老師笑著回答：「我是國文老師喔！」

「誒！不是吧！」小葉故意用誇張的口氣說著：「可是老師你看起來很『體育』欸！」

說完，大家又笑了。王思喬那群女生跟范姜都跟著在笑。

「哈哈哈！」老師接著說：「雖然我不是體育老師，不過下課要跟老師來單挑場籃球，老師也是可以的哦。」

眞蠢，眞的很蠢。

老師難道會看不出來小葉就是在找碴的嗎？爲什麼還要一副跟我們這個世代沒有代溝的樣子，爲什麼還要一副跟我們已經成爲朋友的樣子。

教室的一切都讓我厭煩。

九月依然炎熱的天氣、沒有冷氣的教室、窗外的蟬鳴、把中間的人當成空氣不斷對著我說話的小葉、因爲無聊的笑話就跟著笑的范姜跟王思喬他們、還有故意裝傻的班導。所有的一切都讓我厭煩。

我到底是爲了什麼，才待在這個地方呢？爲了那看似無限寬廣的未來嗎？

早上第一節剛好是班導的課，他繼續宣導著一些早自習還來不及說完的事。

「我要說的就是這些。」老師把雙手撐在講桌上，接著說：「接下來請同學按照座號上台自我介紹。」

我並沒有很仔細在聽其他人介紹的內容。我一直注意著自己的領口是否有翻好、頭髮的整齊度以及皮鞋是否一樣的亮。

還好服裝儀容沒有出太大的問題。倘若眞的有什麼問題，我總不可能在有著那麼多雙眼睛的教室中整理吧！

下一個輪到我了。

在台上的是坐在我前面的同學吧！看起來不太像是「下層」的人。他長得還算端正，也打扮的乾乾淨淨的，但是我對他完全沒有任何印象，所以他應該不會是

「上級」的人吧！

他下台之後，在心深深吸了一口氣後，我起身離開座位，並故作自然地走上講台。

「嗨！大家好！我叫陳子毅。」我對著全班釋放出一個善意的笑容。「我以前是105的，很開心可以跟你們同班。」

「很開心能跟大家同班喔？」一下課小葉就跑到我身邊調侃著我。

我也不知道自己爲什麼要這樣說，明明這個班有一半的人我到畢業一句話都不會跟他說。我口中的大家其實也不過就是跟我一樣同屬於「上級」的人。

「小毅！」從遠方傳來尖銳的聲音：「好想你哦！」

「不是每天都有通電話嗎？」

「通電話跟看到本人才沒辦法相提並論吧？」王思喬嘟著嘴嚷嚷著。

「就是說嘛！」同樣是「上級」的女生李可兒跟著附和，沒跟我在一起的時候，王思喬八成都跟這傢伙混在一起吧！

「好啦好啦！」我輕輕的捏了她的臉頰，安撫她的情緒。

「不會吧？」小葉睜大了雙眼問道：「你們這對情侶整個暑假都沒見面嗎？約

會什麼的總有吧！」

「關你什麼事啊？我們當然有出去約會啊！差不多一個禮拜一次吧！」王思喬回答著。

「誒！小毅這樣太遜了啦！」小葉用手指戳了戳王思喬的腰，然後說：「妳跟我交往好了啦，我可以每天奉陪喔！想做什麼都可以喔！」

「拿開你的髒手啦！」我對著小葉說。小葉眞是個笨蛋，這傢伙就是這樣肆無忌憚的人，什麼都敢大聲說出來。

不過王思喬只是裝可愛的說著「什麼啦！」一點也看不出她有因爲小葉的話而不高興的樣子。不管對方的話聽起來多空洞、多下流，只要聽起來是在讚美她的外表、或是追求她、對她示愛，她內心都會因爲自己的「行情」很好而暗自竊喜吧！

至少在我眼裡，她就是那麼膚淺的女生。

「不過妳裙子也穿太短了吧！」我說著。

「是啊！早上來被教官唸了一頓，眞囉唆！」王思喬厥起嘴巴抱怨著。

「那些老頭管得眞多。」李可兒一邊說著，一邊看著手上閃閃發亮的指甲。

「穿那麼短要給誰看啊！」我一邊說著，一邊動手掀動著她的裙擺。

「齁唷！你在幹嘛啦！」王思喬開心地叫著，我從她臉上的表情解讀，那是開心的意思沒有錯。

我總是告訴自己，我只是爲了配合王思喬的膚淺，才做出這樣的動作。但是明明在書包裡放著保險套的也是我，經常找她上床的也是我。明明我也跟她一樣可悲。

彷彿教室裡面只有我們。不顧他人就這樣吵鬧著，談論著著下流的話題、做著可悲的動作。但就算只有我們幾個大聲的喧鬧著，我們也不會感到尷尬，對我們而言，這是我們擁有的特權。

「欸！熱死了熱死了！我要去合作社買飲料。」小葉叫著。

「好熱欸！」我整個人趴在桌上。「我才不要出去外面！」

「走啦！一起去啦！」小葉叫著：「范姜！走啦走啦！」

在小葉的強迫下，我們一行人走出了教室。

「欸，范姜，你剛剛上節下課在跟誰說話啊？」小葉問著。

「我高一班的同學。」范姜回答著：「怎麼樣？想認識他哦？可以介紹給你們認識啊！」

「他跟我們不是一樣的人吧！」王思喬一邊說著，一邊勾起了我的手。

「妳也注意到他了喔？」小葉說著。對於他們現在是在討論誰，我完全沒有頭緒。

「啊！我忘了帶手機！」我摸了摸口袋後發現到。

「齁！沒差啦！去一下下而已。」

「沒差啦！我回去拿一下！你們先走！」說完我就折返回教室。

因爲走得太快，我沒有注意到從教室走出來的人，就撞了上去。

「不好意思，對不起。」對方用聽起來很緊張的口氣說著。雖然他把頭壓得低低的，但我還是認出他了。

跟他說聲對不起，我在內心這樣告訴自己。

「你還好吧？」結果我脫口而出的卻是這句話。

我瞬間覺得自己很可悲，我竟然連不好意思或是對不起這幾個字都擠不出口。大概是爲了沒有意義的「包袱」吧，所謂「上級」的「包袱」。

我好像連最基本待人處事的道理都已經遺忘了。

「我……沒事。」他小聲的說，並且反問了我：「那……你呢？」

「沒事。」我對他搖了搖頭，用盡全力故作鎮定，對他露出了看起來應該很自然的笑容後，快速離開。

走到合作社找小葉他們的路上，我不斷想著他的名字。

我只知道他是坐在我前面的同學，他明明才剛自我介紹完，我卻連他的名字都記不起來。想想我高一也是這樣，那些跟我同班一整年的人，就算看到他的臉孔、或是姓名，我也不會去意識到原來他是我們班上的人。

他到底是誰？穿戴整齊的他，制服褲看起來是量身定做的，不像其他「下層」總是穿著沒修改過而鬆鬆垮垮的制服褲。皮鞋的面料看起來也是還不錯的品牌，感覺是日本鞋，高中生穿Regal好像太誇張了，那應該是Kebford的吧！總之不是夜市那種便宜的亮面皮鞋。

不知道他高一是在哪一班的？爲什麼我對他完全沒有印象呢？雖然總是活在自己世界當中的我，只活在「上級」世界裡面的我，這所學校裡我沒印象的人應該很多吧！

爲什麼我會對他這麼好奇？

從合作社走回教室時，王思喬也勾起了我的手。當我跟她一起走在校園，總是會吸引到很多目光。

其實仔細想想，當初我會跟她在一起，一定也是這個原因吧！因爲我長得很帥，又很會打扮，成績中上，又是籃球社的得力球員，其他的體育項目也都還算拿手。而她長得很漂亮，打扮的也很可愛，唱歌也很好聽，她經常在學校的各種活動表演唱歌。

因爲我長得帥，而她很可愛，所以自然而然就在一起了，自然而然就會吸引到目光。

我跟王思喬高一就同班了，她住在大安區，家境好又有外表，她化妝包裡光是口紅加起來就破萬了，而她總是喜歡在早自習時，拿出香奈兒的口紅，輕輕吻在唇上，她的嘴唇被透過窗戶照進室內的陽光照的閃閃發亮，就是那時候我開始注意到這個人的。

她總是背著Fjällräven的後背包，皮鞋是跟日本女高中生一樣的高跟樂福皮鞋，挑染著一頭褐色且髮尾微捲的長髮，在陽光下飛舞的模樣眞的很漂亮。貼著閃閃發亮的指甲片，短到快要看到內褲的裙子，很懂的怎麼撒嬌，我想或許因爲她是有錢人家的獨生女吧！

因爲大安區位於市中心，學校的分數大多都很高，考不上的她只好選擇同樣位於紅線上的士林的社區高中就讀。因此初來乍到時，她在這裡幾乎沒有認識的人，但是她用非常快速的時間，就建立起了屬於自己的勢力。

王思喬又是爲了什麼，才跟我交往的呢？我想大概也是相同的理由吧！即便不同，我想也不會是多高尙的原因。

第一次有機會可以更加認識坐在我前面的他，是在某次放學的偶遇。

那天小葉興致勃勃地要大家一起去士林夜市，我卻怎麼也提不起勁。而在經過公車站牌時，我一下就認出那個身影了。

那是有點瘦弱、看起來有點憔悴的身影。

范姜主動跟他打了招呼，透過他的介紹，我終於知道他叫韋梃愚。

從開學到現在，我幾乎已經可以確定，他是屬於「下層」的人。但是爲什麼？我不明白，爲什麼范姜會主動跟這樣的傢伙打招呼？爲什麼他會主動跟這傢伙搭話？

我搞不懂范姜在想什麼。

如果我沒記錯，高一的他還曾因爲自己所屬的團體是三個人的原因，跟另一個男生把江傑那傢伙踢出他們的團體。我以爲他是很明白「規則」的人。可是這樣的他，卻像無視「界線」一樣，主動跟韋梃愚打了招呼。

小葉在一旁擺出一臉沒興趣、不耐煩的表情。我知道小葉完全不會想跟他搭話。

「你的名字很特別。」我對韋梃愚說，在自我介紹時我一聽到，就想跟他說了。然而我在說謊，我根本沒有認眞的聽他的自我介紹，我甚至是剛剛才知道他的名字。我很擅長在短時間內就編出各式各樣的謊話。

原本就不想跟小葉去夜市的我，在得知韋梃愚跟我一樣住天母後，我選擇跟他一起等公車。

爲什麼我會這麼做？我對自己的行爲感到不可思議，以前的話，別說一起搭公車回家了，我根本不會跟所謂「下層」的人有任何往來。但是現在的我卻會跟著他一起搭公車，而且我甚至對小葉剛剛不耐煩的表情，生出一種煩躁感。

明明我也總是用同樣的表情，看著這些人啊！

上了公車後，我們都沒有說話，就只是並肩站著。在其他人眼中，我們看起來像是同校而已，而完全不認識的兩個人吧！

「其實我眞的很懶得出去逛逛。」我試圖尋找著話題，其實我可以不用這麼做的，兩個人都保持著安靜這樣很好，但我卻嘗試著開口跟他說話，連我自己也不知道我爲什麼這麼做。

「所以跟你搭車，剛好可以甩掉小葉他們。」我接著說。不過一說完我就後悔了。我到底在說什麼啊！講得好像是逼不得已才跟他一起搭車的。

好煩躁。

「啊！小葉是葉家恆。」爲了避免尷尬，我補充說了這句。

「我知道！」他微笑著對我說。

原來他知道。

原來是這樣啊！我連「下層」的人名都叫不出來，可是身爲「下層」的他卻連我們怎麼稱呼彼此都知道。或許我們總在教室目中無人的吵鬧，他們想不知道都很難吧！

又這樣沉默了一陣子，公車停靠了捷運士林站，大部分的人會在此下車轉搭捷運。

公車空出了許多位置，我問了他要不要坐。不過考慮到坐裡面的人比較難進出，我又問了他要在哪下車。

「天母國中。」他回答著。

我皺了皺眉頭，想了想紅12的路線，沒有停天母國中啊！

「紅12沒有停天中喔！」我笑著對他說。

他像是想到什麼一樣，一臉尷尬的說：「在特殊教育學校那站下車。」

總之他應該就是住在天母東路那一帶吧！我在心裡想著。

「那你坐裡面吧！」會先下車的我這麼對他說。

「你要在哪一站下車啊？」這好像是上公車後，他第一次主動問我問題。

「蘭雅國中，我就住在高島屋百貨後面的巷子。」

之後我們都沒有再說話。我嘗試著想要解讀他在想什麼，但是從他的臉上找不到任何線索。

他將頭轉向窗外後，我就看不到他的表情了，不過我想這樣反而讓我感到比較輕鬆。

「那，明天見！」我要下車前對他說著。

「再見。」他對我揮了揮手。

下車後，我漫步在忠誠路上，整排的行道樹被吹得沙沙作響。走過高島屋百貨後，我右轉士東路，就跟台北市的任何道路一樣，士東路並沒有什麼不同的地方。但是這條路卻成爲了總是感到煩躁的我在回到家前整理情緒的地方。

天母是一個很舒適的住宅區，被大屯山系包圍著，一年之中幾乎沒幾天會下雨，和煦的陽光總是特別眷顧著這個住宅區。過了天母廣場後，沿著中山北路七段會開始爬坡，一直到天母圓環，沿路兩旁都是老舊但保持的很好的公寓式住宅。就像中世紀的老公爵一樣，即便上了年紀，依然保有紳士氣質，不難想像當年他的風采。

天母也叫做台北上城，好像是從英語中的up town直譯過來，up town原指的是大都市近郊的市郊住宅區，但在此卻直接翻譯成「上城」，不過我卻很喜歡這種略顯傲氣的翻譯方式。

之所以能夠住在這樣的地方，其實只不過是運氣好而已。我家並不像王思喬他們家是那種住在大安區的富裕家庭，老實說我家的經濟狀況並沒有特別好，父母兩人都必須外出工作。

我的父母都不是台北人，他們兩人是從中南部來到台北工作的，之後認識了彼此，才定居下來的。原本他們好像連房子都買不起，租在三重公寓的頂樓加蓋套房中，每天要過橋才能進到台北市工作。

後來有一個做外貿的遠房親戚，好像在亞洲市場的投資失敗，一家要搬去美國了，而因爲急需現金，他們原本在天母的房子也就以低價拋售，但條件就是一口氣要拿出許多現金，於是父母跟鄉下的外公外婆借了很多錢，才把現在我們住的房子買下來。

或許是因爲父母都不是台北人，我總是有一種不知道自己的根究竟在哪裡的感覺。

我雖然從小在台北長大，但是過年過節都一定會回鄉下。

我還記得王思喬高一時，曾無情地在背後議論一個女生：「天啊！簡直是土爆了！妳們不覺得嗎？她怎麼敢這樣打扮來學校呢？她絕對不是土生土長的台北人吧！」

她身旁的女生們紛紛表示認同，後來又不知道說了什麼笑成一團。

我從未跟她說過關於我家庭背景的事情，至少我認爲我們這段敷淺的戀愛沒有必要向對方交代這些事情。

如果她知道，我的父母其實也都不是台北人，而他們每天必須這樣辛苦的工作著，才能讓我享有現在這樣還算不錯的生活，不知道她會說出什麼讓人瞠目結舌的評論呢。

王思喬就是一個這樣的女生，她從來不看人的內在、不看人的談吐有沒有涵養。她把人分類的方式從來都是對方土不土、遜不遜、俗不俗。像這樣把人區分階級，最後唯有耀眼的「上級」會被篩選出來成爲贏家。有時候我覺得，只會這樣想事情的她眞的很蠢。

然而內心明明也想著差不多的事情，卻還去同情王思喬的我才更可悲吧！

回到家後，我帶著滿腦混亂的思緒，一頭栽進床上的棉被堆中。

我想我做了一個特別的夢。

在夢中，我好像看到了韋梃愚，雖然那個人臉的輪廓很模糊，但不知道爲什麼，我總覺得我看到的就是他。

夕陽每天都會被遠方的高樓大廈吞沒，然後五點的鐘聲會對高中生們宣告他們自由了，接著會有些稀疏的個體獨自離開校園、三五好友們聊著天離開學校，或者是一大票醒目的人嘻嘻哈哈地走出校門。

總之，日子每天大概就是這樣，然後周而復始。

生活開始出現變化，是在一次的化學課。那節化學課需要到實驗教室上課，實驗教室的座位是四人一桌的規格。

進到教室後，我、小葉跟范姜隨便找了一桌就一起坐了下來。

終於也遇到三個人的情況了嗎？我想著。老實說這件事情從高二分班名單出來後，我就開始擔憂了，因爲我知道我們三個會走到一起。

三在友情中是很難維持平衡的數字，就像高一時的江傑所經歷的一樣。

這時，我看到韋梃愚在張望著，好像找不到合適的座位一樣。的確，班上的小團體已經逐漸成形了，「上級」的圈圈大多是從分班的名單一出來後就確定的。不過「下層」卻會在開學之後，才開始去尋找能和自己一起消磨在這個班級裡的時光的那個人。

此時坐在我對面的范姜，不知道在對誰比著什麼手勢。順著他的視線看過去，他竟然在對韋梃愚揮手。

「欸！你瘋了啊！」小葉用氣音對他說。

「怎麼了？他不能坐這邊嗎？」范姜反問。

「當然不行啊！你瘋了喔！」

「可是沒位置了啊！」

我已經無法思考小葉和范姜的對話了。我的腦中一片空白，范姜那傢伙到底在想什麼？

結果最後，找不到位置的韋梃愚還是來了，他跟我們三人輕輕地點個頭。整堂化學課，該參與的內容韋梃愚都有參與，不過他幾乎沒有開口跟我們說到話。班上同學對於他在我們這組好像有點訝異，卻也不會有人說什麼。佯裝若無其事，是在高中保護自己最好的武器。

我看了看王思喬，她只是對我聳個肩，然後跟李可兒笑成一團。

一下課，我就把范姜找到學校人煙稀少的後棟去，他大概知道我要問他化學課的事情吧。

「老實說，我一點也不知道，自己爲什麼這麼做。」范姜靠在欄杆上，看著遠方說道：「可能他總是給我一種很努力在生活的感覺吧！」

「很努力在生活的感覺？」我用疑問句的方式複誦了一遍。

「子毅，我這樣說你不要生氣哦！」范姜沒有看著我，他依然凝視著前方說道：「你總是很容易爲了一點小事就自怨自艾吧！」

什麼啊！我不明白他究竟想說什麼。

「明明在Instagram上有那麼多粉絲，在學校獲得那麼多的關注，你有帥氣的臉蛋，運動也都很拿手，幾乎已經是沒有幾個高中生能夠到達的境界了，然而你還是不快樂對吧？」

我排列不出任何能夠反駁的句子。

明明每一天每一天都那麼努力在僞裝了，但我卻被范姜這樣毫無保留的看穿了。我很訝異看起來總是嬉皮笑臉，在棒球場上野蠻的揮動著球棒的他，竟然會是第一個看穿我的人。

爲什麼范姜可以做到這樣呢？他能夠那麼自然的對我說出這樣的話，能夠主動開口跟韋梃愚說話。

他爲什麼就可以做到那樣呢？無需僞裝、無需去思考那些複雜的問題，但是在人群之中，卻還是一樣耀眼。

到這時候我才發現，我其實根本一點都不了解范姜，我們會成爲朋友，只是因爲我們都知道彼此在高一的形象，理所當然的認爲都很醒目的我們高二就會混在一起，我們被這套沒有人訂製的規則給牽制著。

可是其實我一點都不了解范姜。

「明明已經待在所謂的『上級』，雖然很不喜歡這個形容詞，但我好像找不到其他形容我們的字彙了，很可悲對吧？」范姜說著：「明明是『上級』，但卻還是不快樂，子毅，你覺得我們到底在追求什麼？」

「我從來沒有想過，你會思考這麼複雜的問題。」這是我的眞心話。

「是嗎？」范姜笑了笑。

我想這抹笑容，是最好的回答方式，現在絞盡腦汁，說出一些裝模作樣的字句都太多餘了。

上課鐘響起了，我們卻沒有要回教室的意思。我想是因爲在夏日的高中校園中，這樣的安靜平和，太過難得了。

牆角早已剝落的油漆、生鏽的鐵欄杆、雜草叢生的花台、不知道從哪間教室傳來的課文朗誦聲、貼緊雙腿的窄管制服褲、腳上的皮鞋、還有范姜看著遠方的表情，所有的一切都那麼平和，一直糾纏著我的那股煩躁不安的情緒，竟然也有煙消雲散的時候。

我們就這樣靠在後棟的走樓上，等待時間流逝。

「我想他一定有一個很明確的目標吧！」范姜突然說：「即使高中階段的我們每天都在原地踏步，無法繼續前進，但是我覺得他不一樣，跟其他的『下層』不一樣，他一定擁有某種讓他努力走下去的目標。」

「是這樣嗎？」

「嗯！我想是的，所以跟他說話時，總是感到很心安，不自覺就會想去找他說話。」

范姜的視線，依然看著遠方，我想他所望之處，是我這輩子永遠都看不到的地方。

我從來沒有去注意到這些事情，從來沒有。我問范姜：「你是從什麼時候開始有這樣的感覺？我是說，他很努力在過生活的感覺？」

「應該是……他跟江傑變成朋友的時候吧。」

「他跟江傑是朋友嗎？」

「你不知道嗎？江傑自從沒有跟我們走在一起之後，就都是跟韋梃愚走在一起的。」

我一直以來到底都在注視著什麼呢？我現在才發現，我對於太多身邊發生的事物，是那麼漠不關心。

「那時候我眞的嚇到了，跟一個被『上級』踢出去的人做朋友，比跟一般的『下層』往來，還要來得有壓力吧！」范姜說著：「然而他卻接受江傑了。一直以來我總是覺得他很內向、膽小，但他卻接受江傑了。」

的確，如果只是跟一般的『下層』往來，至少不用承受跟被『上級』踢出去的人互動那樣的議論。

「我在想，會不會江傑也發現了他的獨特之處呢？」范姜問著。

「我想一定是這樣的。」我肯定的回答著。

「對吧！所以他才會選擇去找韋梃愚吧！他一定猜想到了，如果是韋梃愚的話，就不會拒絕他。」

他眞是個特別的人，我想著。

或許我也因爲這樣，才會對他那麼好奇、才會跟他一起搭公車回家吧？

「子毅，你知道嗎？我從來都沒有想過，要那樣把江傑一腳踢開，我從來都沒有過這樣的念頭。」

「我相信你。」不擅長安慰人的我，只能這麼說著，但老實說我之前一直認爲范姜會是那種遵循著「規則」的人。

「我一直以爲，我們『上級』是可以恣意妄爲的，想要怎麼樣，就怎麼樣。我一直以爲，那些因爲身分地位較高而被被迫放棄許多事物的人，都是因爲他們不夠努力、不夠積極去保護自己認爲重要的東西。」

「可是後來，你發現你錯了。」

「嗯！原來眞的有身不由己這回事。」

「那爲什麼，當初會被踢出去的人……是江傑？」

「因爲他太過熱血了！」范姜苦笑著說：「他其實跟我很像，我們兩個眞的很像，我想就算沒被踢出『上級』，他也絕對願意開口跟韋梃愚說話。」

我卻做不到，我淸楚地明白這一點。

「這麼說你可能不相信，但是高一那時，我們三個之中，其實我跟江傑才是比較合得來的那兩個，可是太過熱血，就容易有太多想法，就容易破壞『規則』、打破『界線』。」

「就像我們班導。」我說著，說完我們都笑了。

「我想或許也是這樣，因爲我跟江傑比較投合，另一個人才會在自己被擠出去之前，先發制人吧！可是那時候的我，就連……就連保護江傑的勇氣都沒有，眼睜睜的看著他被擠出去。」

我從來沒有進到范姜那麼內心的世界過，我想，經過這一天，在平和的後棟中度過的這一天，我跟他更加接近了。我們不再只是因爲屬性、階級相同才互相靠攏的，而是成爲眞正的朋友了，我這麼想著。

「我對江傑有太多愧疚了，太多了！」范姜接著說：「那時候的我擔心著他被踢出去後，該怎麼度過接下來的日子，可是怕自己也跟著被排擠，我連找他說話都不敢，甚至還一度慶幸被擠出去的人不是我自己，很可悲吧。」

「還好他後來遇到了韋梃愚。」我說著。

「是啊！韋梃愚他或許比所謂的『上級』，都要來的閃閃發亮哦。」范姜說的很小聲，不過我卻清楚的聽到了。

我總以爲「光環」是我們才擁有的，自己擁有「光環」這樣的心態，往往在心裡頭偷偷作祟。

其實說穿了，那就是個無聊透頂的階級區分。

或許是因爲這樣，總是沉醉在上級的世界，我不曾去注意過那些人，我竟然不曾想過，除了我們之外的人，也是能夠閃閃發亮的。然後這樣的我，還是因爲所謂的「包袱」，爲了維持扭曲的人際關係，而沒辦法像范姜那樣自在的開口跟韋梃愚說話。

人際關係就像是毒品，吸食過後擁有像煙花短暫卻又絢爛美麗的時光，就像校園中大家若無其事的歡笑一樣，而背地裡逐漸腐爛的那些什麼、快要化成灰燼的什麼，我們選擇視而不見。明明知道光環什麼的都是最不切實際的，可是卻還是願意流連在那樣的不安之中。恍如毒品般的巨大的泥沼，自己早已被緩緩吞噬卻還渾然不自覺。而大家卻依然就這樣，在努力地掩飾下，裝作沒事的過著日子。

一第三章一

陳冠宏

曾經坐在教室的那些背影，現在都踏上了各式各樣的未來，走上了成千上萬的不同道路，被社會活生生的切割成比「上級」跟「下層」複雜許多的各種階級。

將辦公桌上收拾乾淨後，我看了下手錶上顯示的時間。

和同事們說了聲再見以後，我搭了電梯到地下三樓。

皮鞋木根和地面碰撞的聲響，在空蕩蕩的地下室，顯得更加響亮。

我打開了車門，坐上這部自己靠著打工，在大學時就購買的Toyota。

坐在駕駛座上，啟動了引擎，把排檔桿排到D檔後，將汽車駛出地下室。

我小心翼翼地控制著油門，因爲知道自己沒有辦法集中精神，因此不敢讓汽車處於高速行駛的狀態。

我滿腦中想的都是欣婷和媽的聲音。

每天下班，我都會到公司附近的士林分館做事情，那是一棟位於公園旁的老舊建築，一、二樓作爲公有市場使用，三樓則是圖書館。晚上沒有營業的公有市場，在漆黑的風吹過時夾雜著一點陰森。

或許在別人眼中，房仲下班後還到圖書館繪圖和處理客戶的資料是很認眞努力的行爲。但是我很淸楚，自己去圖書館的目的只是在逃避，只是爲了能夠晚點回到家中。

不過，我是眞的很喜歡圖書館的氛圍。待在那裡，我總是能夠感到完全的放鬆。雖然說處理公司的事不是我到圖書館的初衷，但是在那裡我的確也有效率地完成了不少事情。

在等著紅綠燈時，我的腳趾彆扭地在皮鞋中做有限的活動。

手機響起了，我看了來電顯示，是Amy。

我沒有接起來，也沒有掛掉，那煩人的鈴聲就在我耳邊不斷重複播放著。直到鈴聲終於停止後，手機又發出簡訊的聲音，Amy傳了封訊息給我。

「不要都不接我的電話！你今天也一樣要去圖書館然後直接回你家吧？這樣也好，你最近不要來我家好了，有些事情我需要要想一想。」

手機銀幕上顯示著。

綠燈了。

我踩了油門，後方的視野在後視鏡中逐漸遠去。多麼希望那些煩人的事情也能這樣遠遠地被我拋在身後。

Amy就是欣婷。

因爲之前相親時她所使用的暱稱就是Amy，那時把她的手機號碼存入我的手機時，我也就直接輸入了Amy，之後就沒有再特別去改了。原來我連在這種事情上，都不會對她用心過嗎？

她之所以這麼說，是因爲之前有一段時間，我下班之後都會到她的租屋處過夜，不過我已經一段時間沒去了。

之所以沒有再去，是因爲我認爲，自己沒有辦法再過著這樣的生活了，我沒有辦法再經營這段感情了。

把車子在圖書館附近的公有停車場停好後，我撥了通電話給欣婷。

「喂？」電話那頭，傳來她的聲音。不知道是不是我的錯覺，不過那聲音聽起來有些哽咽。

「妳……在哭？」我結結巴巴地擠出這幾個字。

「打給我怎麼了嗎？」欣婷忽略了我的問題。

「想說妳剛剛打給我……。」我心虛的說。

電話那頭沉默了片刻，我屏氣凝神地等待著。

「該說的我都在簡訊上說完了。」欣婷回答。

我看不到她的表情，但是我非常慶幸，因爲現在的我，完全沒有直視著她的勇氣。

「妳還好嗎？」我不安地問。

「別明知故問了。」欣婷稍微提高了音量，卻又若有所思地停頓了下。「我們到底……我們到底是爲了什麼，還要進行這樣的對話呢？」

我沒有任何能夠反駁的句子。我繼續保持著沉默，就跟以往一樣，不知所措的時候就選擇逃避、選擇沉默。我多希望欣婷在這樣抱怨後，心裡可以舒暢些，這樣的話，我心中大概也會比較好過吧。

「你怎麼可以這樣對我啊，陳冠宏。」她的聲音越來越小。

我承認，對於她，我有太多愧疚了。

「我很抱歉。」我小聲地說，我不知道我在爲了什麼道歉，因爲有太多需要對她道歉的事情了。

「我要掛了。」在電話的那邊，欣婷發出了倒吸鼻涕的聲音。

嘟嘟嘟。欣婷掛了後，電話那邊只剩下這讓人感到空虛的聲音。

我看著前方那些亮著的儀表板，感到眼花撩亂。

鎖上車門後，我拖著沉重的腳步爬上位於三樓的士林分館。

自修室中的人群讓我安心。或許我認爲待在人群中，我就可以好好地把自己隱藏起來，不被發現。

走到一個靠窗的位子放下公事包。看著周遭那些既熟悉又陌生的身影。這些人大多每天都會出現在圖書館。大部分應該都是在附近的高中職念書的學生吧。有獨自前來、三五好友成群結隊前來，還有牽著手走進來的情侶們。這些高中生，也和曾經的我們一樣，被劃分了階級嗎？

我每天和這些熟悉的面孔擦身而過，卻不曾和他們說過一句話。指針在我整理資料的同時正滴滴答答的向前走，不知不覺又開始撥放起閉館的音樂。

開車回家的路上，我一直在設想著打開家門後所要面對的一切。斑斕的星光點綴了漆黑的蒼穹，在充滿霓虹燈光的台北，這樣的景象還眞難得一見。從士林過了基隆河，我開上建國高架，穿過讓人緊繃的台北市區，在辛亥路回到平面，穿過辛亥隧道後，回到位於文山區的家中。

這是棟屋齡早已超過四十年的老舊華廈，出社會後依然住在家中的我，即便我再怎麼抗拒，這裡都是我唯一可以回去的地方。

走進家門後，我用左右兩腳把皮鞋從腳後跟的位子給脫掉，然後一邊鬆開領帶一邊走進房門。

「回來啦！」母親的聲音刺穿我的耳膜。我多想直接溜回房中。

「嗯……。」我漫不經心地回答。

「你要一直像這樣住在家裡嗎？」母親用平和的口吻，把這幾個字送入我的腦海之中。

「媽……。」我回過頭，看著坐在沙發上的母親說：「我累了，有什麼事我們改天再說吧。」

透過客廳那盞檯燈的昏暗光線，我可以看到坐在漆黑中的母親，眼角有些微的淚痕。

她只是看著前方銀幕一片漆黑的電視，並沒有抬起頭來看著我。

「你……到底在累什麼？」母親抬起了頭來說：「欣婷一聲累都沒喊，你到底在累什麼？」

「媽，別再說了。」我用盡全力，用疲憊不堪的身體努力擠出這幾個字。

「欣婷她……。」母親一邊哭一邊說：「自己一個人在小小間的租屋處裡面等著你吧？我眞的不懂，你們之間到底出了什麼問題，兩個人住得好好的，你爲什麼要這樣跑回來？」

「都去睡了吧！」父親從沒有一絲燈光的房裡走了出來，我看不清楚他臉上的表情。父親接著說：「很晚了。」

我躺在床上，看著泛黃的天花板，用棉被把自己罩住。我沒關燈，彷彿關上燈我就會被黑暗吞沒；我就會消失在這個世界。

不知道爲什麼，腦中想的都是母親逼我去相親時的畫面。

「我已經答應別人了。」母親握著我的手，掌上粗糙的紋路，讓我不知道該如何拒絕她。

「家裡面只有你一個孩子。」她看著我說：「已經三十二還沒有結婚，我能不擔心嗎？」

「我不打算要結婚。」雖然已經對母親說過無數次了，但她遠永都按照自己的意思安排我的人生道路，卽使我已經三十二歲了。

說著說著，母親的淚水在眼角悄悄浮現。

爲了不想看到母親流淚，我只好答應了這次的相親，答應了這種我以爲只有偶像劇裡才會出現荒唐飯局。

我就是在這裡遇到欣婷的。

她不是台北人，北上就讀師範大學後，畢業了就留在台北市的高中任教。她當時自己一人住在學校附近的租屋處，後來為了我，她又找了文山區的套房，搬到我家附近。

相親的飯局結束後，我和欣婷一起到附近的公園散步。

「為什麼要用暱稱？」為了避免尷尬，我隨意找了個話題問她。

「你是說Amy嗎？」她輕輕地笑了。「你知道嗎？從名字可以聽出一個人大約的年齡，我不希望連見面的機會都沒有，你就因為嫌棄我年紀大而拒絕這一次的相親。」

「有什麼關係。」我對她說：「我年紀也很大了。」

「那不一樣。」她提高了分貝說：「就是這點不公平，男生不管幾歲都無所謂，單身的女人啊！只要一過了三十，就像是罪人一樣。」

在這個當下，我覺得她是一個想法很有趣的女生。就算認為社會上有些不合邏輯的道理，她也不會做出那種無意義的抗爭，或去爭取女性該有的權益等的舉動。就算認為這樣的觀念對女性是不公平的，她依然配合社會的步調，認真地生活著。

「妳也不過二十九而已啊！」我對她說。

「一眨眼就是三十了。」她輕描淡寫的說，但我聽得出她心中的壓力。

之後我們又單獨見過幾次面，高她約略十五公分左右的我，看著她頭頂，黑髮從她染的棕色頭髮中長了出來。

跟她談話的時候我總是感到很輕鬆、兩個人也不會尷尬，我喜歡跟她在一起的那種氛圍，我清楚明白著，那不是愛情，只是單純對她這個女生的欣賞，一種單純的好感。

我喜歡跟她逛街時散發的輕鬆步調、喜歡跟她走在一起時看到的街景，但我沒有辦法跟她接吻、或是上床。在我內心的世界裡，她的定位始終是能無所顧忌談天說笑的異性朋友。

我想如果只是朋友，那該有多好。

我們一定會是很好的朋友，我在心裡這麼想著。

她大概不知道，她永遠不可能成為我喜歡的樣子。

「我希望我們可以以結婚爲前提交往。」在之後的某一次面後，她開口這麼對我說。我看得出來，她是鼓起很大的勇氣，才說出口的。

「我只是因爲家人逼迫才來的，並沒有要交往、甚至結婚的意思。」我在心中大喊，只可惜，這些話到了嘴邊，怎樣都說不出口。

看著眼前的她，我又想到緊握我雙手的母親。

之後到底是怎麼跟欣婷在一起的呢？我已經完全想不起來了。

我們沒有確切在一起的日子，我們沒有紀念日，好多時候都是母親把事情安排好的，包括爲了讓母親放心，我偶而會帶欣婷回家過夜，甚至後來到她的租屋處長住。在那個一瞬間，我突然覺得好煩躁，原來這個女生完全沒有自己的想法嗎？還是她對結婚有著怎麼樣的堅持，那份堅持竟然讓她能夠這樣犧牲，就這樣配合著母親的安排。

而我也一直都沒有大聲地拒絕過任何事情，一路上就在別人的安排下，半推半就地向前進。

害欣婷流淚的，是我的優柔寡斷。

躺在床上，我回想著，這一路上到底是哪裡走錯了？我爲什麼會活成現在的樣子呢？

打從有意識以來，我一直都是團體裡面的核心人物。成績在中上，擅長大部分的運動項目，加上不錯的長相，就算說一些不經過大腦思考的無聊笑話，也能逗得大家哈哈大笑，在校園中我一直算是閃閃發亮的人物。十七歲的我天真的認爲，總被醒目又耀眼的同儕包圍的我、一路上都順利地度過的我，未來也會一直這樣的。

高中畢業後，順利的考上了中字輩的大學，而在開始求職後，讓我深刻的意識到所謂的「上級」根本什麼都不是，唯一有用得或許只有因爲長得帥氣，在面試中會有比較好的第一印象吧！

之後進去了房仲公司，每天繪製建案平面圖、去了解雙北地區各地的物件實價登錄、整理客戶的資料。在職場，再也沒有所謂的「上級」和「下層」，只有所謂的「上司」和「基層員工」。

那些曾經跟我一起在球場打球、一起躲在角落偷抽煙、一起穿著制服在西門町溜達的朋友，現在都在哪裡？都在做些什麼呢？

我早已無從得知，我們高中時，沒有所有的社群軟體，和絕大部分的人也早已失去聯絡。曾經坐在教室的那些背影，現在都踏上了各式各樣的未來，走上了成千上萬的不同道路，被社會活生生的切割成比「上級」跟「下層」複雜許多的各種階級。

而我活著唯一目的，似乎只剩下工作。爲了避免胡思亂想，我努力的、用力的工作著，重複著膩了也無所謂的日常，不談戀愛也不社交，就這樣獨自一人生活著。

曾經在校園跟教室中擁有大聲說話的特權，現在卻連自己排斥的事物都沒辦法做到大聲拒絕。前輩丟給我處理的麻煩建案總是默默的把它做完，母親安排的相親也不吭一聲的接受了。

是我把自己活成了一塌糊塗的樣子。

三天之後，欣婷像是什麼事都沒發生一樣，突然微笑著出現在我們家。

母親不斷跟她道歉，代替我跟她道歉。

她則成熟地表示是自己不夠好，才會讓我想跑回家。她這種說法，讓我感到更加煩躁。我知道是因爲我的優柔寡斷、因爲內心深處沒辦法說出的祕密，所以一切才演變成現況吧。

我想，我再也沒有辦法逃避這一切了。

「明天我去妳那邊載妳去上班吧。」在腦中思考過後，我對她說。

「嗯！謝謝。」她露出笑容，然後接受了我的提議。她不像其他幼稚的女孩子一樣，會賭氣說不要。

欣婷在位於中山區的一所市立高中任教，從興隆路開往士林是順路的，但我幾乎沒有載過她去上班。

「以後……我會接妳電話的。」坐上駕駛座，我對坐在副駕駛座的欣婷說。

「嗯。」她淡淡的回答著，車內陷入死寂的氛圍。

「冠宏。」欣婷停頓了一段時間後，對著我說：「我們結婚吧。」

我的心跳像是漏了一拍。

我們結婚吧。

這五個字不斷在我腦中來回穿梭。

原來她說這幾天有需要想一想的事情，就是指這個嗎？這就是她想出來的結果嗎？這算什麼？這到底算什麼？面對什麼都無法大聲拒絕的我，爲什麼她能夠就這樣若無其事的把這件事說出口。

這到底算是什麼？

那句話占據了我的思緒，在腦海中浮現又浮現。

「當然，我不是指現在馬上。」欣婷看著擋風玻璃前亂竄的機車，緩緩地說出口：「只是我確定了，我想跟你這個人結婚。」

我失去了大聲說話的權利、失去「上級」那樣閃閃發亮的「光環」，我以爲只要這樣保持沉默，彷彿一點一點的放棄這些事物，只要努力的工作，就能讓我感到心安。

好煩躁，所有的一切都讓我煩躁。

紅綠燈倒數計時的秒數、勒住脖子的領帶、母親道歉的樣子、若無其事說出「我們結婚吧」的欣婷、腦海中浮現又浮現的思緒、擋風玻璃前亂竄的機車，所有的一切都讓我想要放棄了。

「我們之前也同居了三個多月了吧！」她小心翼翼地說：「而且我跟你爸媽相處的也都很不錯，所以我才會開口跟你說這件事情。」

已經三個月那麼久了嗎？

也好，乾脆就這樣定下來算了，我努力地說服著自己。三十二了，我也不年輕了，想到對結婚有著一定執著的欣婷，想到頭髮花白的爸媽，再想到什麼都不敢說出口的自己。我想，也許趕快結婚，趕快定下來是對的。

內心深處的那個部分，只要不去觸碰到它、只要我不說出口，就不會有人發現的。

我雙手緊握著方向盤，一如既往地用沉默逃避著。

之後，我跟欣婷繼續過著正常的日子，我們把那些敏感的部分全都隱藏在心中，若無其事地過日子。我盡量在一些不痛不癢的小細節上，對她開開玩笑，有時也會跟她分享一些公司發生的小事。我試圖透過這樣的模式，讓我們尷尬的生活圓潤一些。

直到後來我才發現，我所做的這些，欣婷早已嘗試做過。只是每當她跟我說話時，我都心不在焉地聽著。

自從我們兩個開始「交往」後，我們都很擅長假裝沒事，因爲一旦去正視了一些什麼，就會一再確定內心深處讓人疼痛的那些什麼。

日子就這樣繼續流逝著。

大約在十月份左右，一個充滿秋意的微涼夜晚，有一個引起我注意陌生的面孔出現在圖書館之中。

他是個高中生。

其實這不算什麼新鮮事，每天本來就都會有些我從來不會看過的人出現在圖書館當中，不過他們大多都只會來這麼一次，要不就是隔了好長一段時間後才會再出現。

之所以對那個在十月出現的高中生印象深刻是因爲，自從那晚後，他天天都出現，沒有例外。

他似乎總是獨自一人前來。

我不知道他都幾點到，因爲我到的時候，他總是已經出現在圖書館中。

也許這麼說有點自戀，但是我總是覺得，他似乎一直注意著我，而且，我心中有著那樣的什麼，強烈的渴望著他就是在注視我沒錯。

這個高中生的出現，讓我好不容易決定跟欣婷安分過日子的決心動搖了。

我喜歡男生。

看到長得可愛的男生我會想保護他、只會對男生起生理反應，但這些事情，我從來沒有告訴任何一個人。

這個高中生的出現，讓隱藏在內心最深處、如同止水般的那一角、泛起了淡淡的漣漪。

看到他的第一眼，我猜想著他在學校的階級。我感覺他的眼神，總是像藏了很多心事。我想，我們一定是很像的人，我指的不是校園階級相同的那種像，而是我們都是那種在內心深處隱藏著很多事情的人，所以我才會總是不由自主的注視著他吧！

他的一舉一動在我腦中停留。他拿起文具的模樣、他翻閱書本的模樣、他算不出數學，心煩意亂的用雙手摩擦頭髮的模樣。

我到底希望透過他獲得什麼呢？

睡前的我，在腦中反覆思考著。

我躺在欣婷租屋處的床上時她對著我說：「你今天好像很心不在焉喔！」

她用手在我眼前晃了晃，然後輕輕地坐在了我的床緣。欣婷的租屋處中，擺的是兩張單人床，我們是分開睡的，這是當來這邊長住時，我唯一的堅持，我告訴她我還沒辦法習慣兩個人睡在一張床上，而她也體貼的接受了這個說法。

「可能太累了吧。」我隨便找了個藉口塘塞。

「業績壓力很大嗎？」

「還好啦！妳不用擔心。」

「不過最近房價一直在跌，想買房的人都在等更低的價格出現吧？」欣婷接著說：「現在仲介，業績壓力應該不小吧。」

「是啊！」我開玩笑對她說：「不像妳那麼好，是鐵飯碗。」

「我當初也是讀得要死要活的，才好不容易考上高中老師的好嗎？」欣婷說。

「不過考上就輕鬆了啊！加上妳教的科目不是輔導嗎？應該比交國英數的老師輕鬆很多吧！」

「才怪！」欣婷一邊解釋著，一邊回到自己的床上。「高中生永遠都有數不完的問題，感情問題、霸凌問題、親子溝通問題、階級問題，有那麼多的問題喔！」

我看著她解釋的模樣，笑了出來。

我們之間如果能一直保持這樣剛剛好的氛圍跟距離，那該有多好，就像是兩張單人床間的距離那樣剛好。

如果我們不是相親認識的、如果我們不是在交往，我們兩人，一定可以成爲很好很好的知心朋友。我在心裡再次確認了這一點。

一個客戶不多星期五，店長讓我們提早離開，因爲提早離開公司的緣故，我到圖書館時，自修室的人煙還十分稀少。

那個高中生也還沒有來。

我畫了兩三張新建案的平面圖後，他走進了自修室。

他今天臉上看上去黯淡無光、皺緊的眉頭感覺像是鎖了更多心事。是考試考差了嗎？還是和朋友吵架了？不知道爲什麼，我想知道他怎麼了、想知道有關於他的更多更多。

他無精打采地將書包放了下來，拿出水壺，走出自修室，看起來大概是要去裝水吧。我也不知道自己怎麼了，我不由自主地站了起來，然後跟在他的背後走出自修室。

他的背影看起來比一般的高中生瘦小一些，身高大概不到170吧！他打扮的乾乾淨淨的，穿著合身的服褲和看起來像是kenford鞋款的皮鞋。現在的高中生都穿這麼好的鞋子嗎？我們以前高中可是全校統一，穿那種難看得要命的學生皮鞋欸！

我看見他佇立在走廊上，什麼也不做，就只是望著窗外的夕陽。

橘色的光線讓他烏黑的髮色產生了些微變化，看起來有金的、有棕的又或是橘的。他的眼珠也散發著光芒，我感覺得出來，在他深邃的眼眸當中，就跟我一樣，都藏著脆弱的一部分。

爲什麼他的眼神看起來有一點哀傷呢？

我慢慢地走到他的身旁，內心的聲音卻不小心脫口而出：「夕陽……很漂亮吧。」

完蛋了！話一說出口我就後悔了。我到底在想什麼，竟然跑去跟一個完全不認識的高中生搭話。他大概會覺得我是一個怪人吧。

他轉過頭來看了我，看著他青澀的臉，我再一次意識到，我已經三十二了。尷尬死了。

「嗯。」他點了頭說：「我覺得超美的。」

誒！看起來是個活潑的高中生，我在心裡鬆了一口氣。

「你是學生吧？」我看著他的制服，問了這個問題。

「嗯！」他看著窗外，點了點頭。

「學生很辛苦吧！有很多很多的考試，跟複雜的人際關係。」我不知道自己在說什麼，但這些字就是這樣排列組合後說了出口。

「或許是吧！」他若有所思地回答著。

我們兩人就這樣並肩站在一起看著窗外的夕陽。

「那個……不好意思，我先回去看書了。」大約過了十秒鐘後，他開口說。

「喔……這樣啊。」我問他說：「沒耽誤到你的時間吧？」

「咦？」他先是露出疑惑的表情，然後接著說：「哦哦！沒有啦！」

「加油哦！」我對他說。

這是奇妙的十秒鐘，不知道是不是我想太多，但我總覺得，他內心的煩悶感或是憂傷的神情，好像慢慢散去了。

我想我會永遠記得這十秒鐘吧！

在那之後，我們在圖書館擦身而過或是對到眼，都會和彼此輕輕點個頭。雖然我們的互動都只有微笑點頭，我甚至不知道他的姓名，但是對我來說無所謂。我只希望還能夠有那十秒鐘的機會，能夠和他聊著生活的瑣事，彼此替對方分擔我們心裡都有的沉重的、隱密的那塊什麼，這樣就足夠了吧。

某天欣婷突然說要搭捷運來圖書館接我，問我要不要一起去士林夜市吃個宵夜。不知道爲什麼，我心裡有點抗拒她來到這個地方，彷彿她來了，我連最後一個可以獨處、可以避難的場所，都會陷入崩壞的狀態。

又或是我認爲，這裡是屬於我跟他兩個人的場所。

那個高中生。

最後我告訴欣婷我們直接約在捷運劍潭站好了，我開車過去，逛完夜市後我再送她回家。

「你最近心情不錯喔。」一邊吃著宵夜時，欣婷一邊說著。

「有嗎？」

「怎麼會沒有？」怡婷說：「最近你每天幾乎都笑笑的，這是認識你後，我第一次知道你原來那麼喜歡笑。」

「該笑的時候我就會笑啊！」

「那是發生什麼了嗎？」

「可能是最近有新的建案成交了吧！」雖然有新建案成交是眞的，不過我知道，讓我臉上充滿笑容的根本不是因爲這個原因。

「眞的嗎！」欣婷放下手上的筷子，睜大雙眼看著我說：「這你怎麼都沒告訴我？」

「喔……這……也沒什麼啦。」我不好意思地搔了搔頭，從高中畢業後，我有多久沒有面對這種被人讚美的情形了呢？

看著她因爲我的事情而感到開心，這讓我對她的愧疚變得更深。

明明是我自己在優柔寡斷、明明是我自己太自私、明明是我對關心自己的人不理不睬，明明都是我，但是在承擔的似乎總是欣婷。

爲什麼我沒辦法勇敢說出自己的想法呢？

隔天，欣婷叫我去她的學校接她下班後，她說今天想去我家做晚餐給我爸媽吃，因此我們兩人一起繞去超市，去買晚餐需要的菜。

回到家後，我坐在客廳滑著手機，耳朵傳來母親在廚房中叫了欣婷的聲音。

「怎麼了？」欣婷走進廚房後問了母親。

「這牛肉是妳去買的嗎？」

「對啊！剛剛下班的時候，冠宏載我去買的。」

「啊……怎麼突然買這麼好的肉？」

母親大概是覺得吃牛肉太奢侈了，但又不敢跟欣婷直說。

「哦……沒有啦，就想說冠宏愛吃，然後他最近剛有新的案子成交，所以就買了。」原來她還記著昨天晚上我對她說的事情啊！

「冠宏啊！」母親在廚房大喊著：「啊有那麼好的消息怎麼都沒有跟媽媽說？」

「一忙起來就忘記說了。」我習慣性地隨便找了個藉口敷衍。

之後母親和欣婷就開始在廚房中邊做菜邊聊著各種八卦。

大約半個小時過去後，母親從廚房中喊著：「可以吃飯了！」

「我去房裡叫爸吃飯。」欣婷已經可以很自然的，用爸媽稱呼我的父母，而不是伯父伯母。

「能一直像這樣有多好。」走進廚房盛飯時，母親對著我說：「眞不知道你在想什麼，國、高中天天往外面跑，有了女朋友後反而回來住家裡，也不怕讓人家欣婷傷心難過。」

「好啦！」父親走進廚房盛飯時對媽說：「妳不要一直念了。」

這是一種奇妙的感覺，明明不是我理想中的生活，但一切卻很平和，一點都沒有煩躁的感覺。

在飯桌上，母親幫欣婷夾菜，一邊問著她的近況，還對著她說要是我又欺負她，儘管來訴苦。

不知道是不是因爲知道自己的兒子對眼前的女生虧欠的太多，所以爸媽對欣婷總是很好。

看著此時此刻的餐桌，我心想，如果眞的和欣婷結婚了，婚後也會過著這樣的生活嗎？我眞的能夠做得到嗎？跟一個女生共組家庭這樣的事情，我眞的做得到嗎？

我腦中突然浮現他的模樣，那個高中生已經三天沒去圖書館了。

每天我進到自修室，總是先四處張望著，一再確認。連我自己都不知道我在焦急什麼？不知道爲什麼，我就是渴望能夠看到他，就算我們是只會給予彼此一個微笑的那種關係，但在這樣的日子裡，那就很足夠了。

他是生病了？還是因爲考完段考就不來了？會不會遇到什麼危險？還是因爲來到圖書館要面對我，讓他覺得尷尬、不自在？

我在心中不斷重複模擬他可能面臨的各種狀況。

我的脈搏拍打著我混亂的思緒。

我坐在位子上放空，只有每當有人走進自修室時，我就會抬起頭來。但每當我發現走進來的並非我在等待的他，我就會繼續放空。

每晚坐上駕駛座準備開車回家時，我都覺得今天的自己眞的很蠢，我到底是以什麼身分，去在意這些事情的呢？

直到這個時候我才發現，自己對他的在乎，似乎早已超出常理了。

這個高中生的出現，把我公式般規律的生活打亂了。連我自己也不明白，自己爲什麼會這樣。

我想做點什麼，我在心中想著。

但當我坐在駕駛座上握著方向盤，我發現自己連他在哪都不知道，也不知道該開去哪裡？

我曾經相信著，只要開車就能夠到達很遠的地方，能夠到達遠方，人生就有更多的可能了吧？

我對車子有一定的執著，雖然我開的只是Toyota，不過我對車子的執著從來都不是品牌跟外型，而是希望透過它，把我帶到自己一直認爲我到達不了的那些地方去。

因此從國中開始，我就很想開車，高中的時候身高終於夠了，我曾偷開過父親的車，帶著那些顯目又耀眼的朋友，我們在青春的道路上馳騁著。當時握著方向盤和控制油門的那種興奮感，自今我都還記得，在那個當下，我以爲自己一直都能像這樣駕馭著自己的人生。

因爲靠雙腳能到的地方，僅限於視線內的世界。

但是當坐上駕駛座就不一樣了，踩下油門的瞬間，我的世界瞬間就變得寬廣了，伸出雙手能摸得的東西好像變多了，我能看得更遠，彷彿也獲得了等值分量的自由。

這也是爲什麼，我一升上大學就考了駕照，並且自己打工買了一部車子，而且自今都還開著，雖然住在交通便利的台北，我卻仍然選擇開車通勤。

可是不論汽車多方便，我好像永遠也甩不掉那拼命想要逃離的一切，逃不出這個狹窄的台北市。

就算我多努力想逃，如果不去欣婷的租屋處，我唯一能夠爲回去的地方就只剩下興隆路三段上那棟老舊的華廈。

好像好的事情遠永都不會發生在自己身上一樣，美夢總在中途停止。

當我意識到這個事實的時候，眼淚幾乎就要奪眶而出，我陷入從未有過的絕望，這樣的絕望，幾乎快要將我吞噬。

我點了根菸，希望能將這樣的情緒燃燒殆盡。然而又是那股一言難盡的煩悶感湧上心頭。

母親道歉的樣子、若無其事說出「我們結婚吧」的欣婷、不知道爲了什麼執著於那個高中生少年的自己、逃不出去的台北市，這一切不斷的浮現，這到底算什麼？

車窗外的招牌讓人眼花撩亂，已經九點過後的中正路，不管是柏油路上的汽車和機車，或是人行道上的人，數量都絲毫沒有要減少的意思。

就在我沿著中正路，穿過了淡水信義線的捷運軌道下方時，我一眼就在士林捷運站外的廣場上，認出那個身影。雖然人潮衆多，但我很確定，那個身影就是他沒錯。

不過他滿臉都貼著OK蹦，手軸的部分也貼著紗布，那看起來不會是不小心跌倒的傷，更不像是體育課意外受的傷。

會是被霸凌嗎？不知道爲什麼，這樣的念頭在我腦中閃過。

從他的外表看起來，看不出來他是屬於「上級」還是「下層」，不過從他看起來很內向的個性、加上下課後總是獨自一人來圖書館，我猜想著他應該是屬於「下層」的吧！

如果眞的是「下層」的話，那就更可能是被霸凌的吧！因爲只要是「下層」的，就算沒有任何理由，「上級」的也總是可以找碴。畢竟我也曾經，曾經做出這樣的事情。

看到滿身是傷的高中生少年，往事突然歷歷在目。

那是高中時的事情了，班上有一個身材胖胖的男生，下課時間總是沒理由的被嘲弄或是找碴，尤其體育課，大家更以看他拙劣的運動表現爲樂。「上級」的女生們在教室中，也總是大聲嚷嚷著他很臭之類的話。

我從未當著他的面說過什麼過分的話，並不是因爲我善良，而是因爲當時我身爲「最上級」，很多事我不用親自去做。

有一次在校慶的大隊接力中，因爲規定全班都要上場，所以他也上場了，原本就已經跑得很慢的他，還在中途跌倒了，沒有被關心，反而被男生們嘲諷著說那傢伙也太孫了吧！女生則是紛紛抱怨著不想摸他碰過的接力棒。

比賽結束後，他被我們一群男生拖到體育館後面，被我們拳打腳踢，我們甚至告訴班上同學不要同情弱者，否則會有一樣的下場。

我們到底爲了什麼這麼做？我們眞的很在乎那場比賽的結果嗎？倒頭來只是爲了彰顯「上級」的地位罷了。

用現在年輕人的方式說，就是想證明自己是夯哥。

現在想想，那個同學其實什麼都沒做錯啊！

因爲突然想起了這件已經褪色的往事，我恍然大悟地在內心說著，原來到目前爲止我所經歷的一切，都是在贖罪嗎？

一定是這樣的。

看著入夜後士林的街道，我想著，不知道那位身材胖胖的同學，現在踏上了怎麼樣的未來呢？

一第四章一

韋梃愚

明明一點也保護不了學生的學校，
竟然連學生自保的請假方式都要干預，
我對學校裡的這些大人感到煩躁，
也爲只能請假逃避的自己感到悲哀。

第一次段考結束後，我在某天的放學時間，遇到江傑。

放學時間西曬的斜陽使得我爭不開雙眼，我一如往常地低下頭，在盡可能避免和任何人對到眼的情況下，用較大的步伐筆直地穿過校園，朝著校門走去。

「阿愚。」在快走出校門前，我被後面傳來的聲音叫住。「果然是你啊！」

「江傑！」回頭看了叫我的人，我露出驚訝的表情。

這應該是升上高二後，我們第一次說話。其實我原本以爲，升上高二後，江傑大概就不會再跟我有什麼互動了，因爲如果是我在校園看到他，我應該也不會主動去叫他。

「一起去等公車，好嗎？」他對我說。

「誒？喔……好啊！」面對他突然的提議，我有點不知道該如何回答。因爲我們就連高一也很少一起回家過。

我一直認爲，「下層」之間的友情僅僅建立在校園內，不會在離開校園的生活還有太多交集，放學回家也都是各自走各自的，我們只是需要在學校的下課時間有可以互動的對象，在課堂上分組時需要一個夥伴，就只是這樣而已。

也因此，我高一幾乎沒和江傑一起走出校門過。

而這段關係也僅會存在於這個班上，重新分班後或是畢業後，彼此就裝作不認識對方就可以了吧！

但是江傑卻出乎意料的叫住了我。

「有嚇到你嗎？」他像是看穿了我在想的事情一樣對著我說。

「沒有。」我回答著。

「沒有就好。」他笑著對我說，其實仔細看，江傑他的笑容也滿燦爛的，或許是他曾經也是「上級」的緣故吧，我在心裡這麼想著。就跟陳子毅還有小泉一樣，他們總是可以自然的散發出自信的笑容。

「還是一樣要走路到中山北路上，等走中山北路的公車嗎？」江傑問我。

我很訝異他竟然會記得這麼清楚，我們高一放學一起走的次數絕對不超過三次，他卻記下來了。我甚至連他要搭什麼交通工具回家都不太確定。

「對啊！」我回答道。

「學校對面的站牌，士林行政中心那邊沒有直達車嗎？」

「車班比較少，而且下車的地方離我家還有一段路。」

「這樣啊！我要去捷運站，一起走吧！」

老實說我感到有一點焦躁，江傑今天爲什麼會叫住我呢？我不覺得像是剛好看到那麼簡單，如果是有目的性地找我，總不可能是特地來確認我回家的通勤方式吧！那麼他到底想說什麼呢？

「我聽到了一些有關你現在的事情哦！」江傑念念有詞地說著：「高中這個小型社會，什麼祕密都藏不住啊！」

果然是要說這件事嗎？心裡焦躁的情緒漸漸轉變成了不安，我看著江傑的表情，無從得知他想透過這個話題，從我口中得到些什麼。

「從誰那邊聽到的啊？」我沒有直接問他所謂「有關我現在的事情」確切指的是什麼事情，因爲江傑也不是那種會聽不出我是明知故問的笨蛋。

「王思喬。你知道是誰吧？」

「子毅的女朋友。」

「不過沒想到，你竟然會跟他們那些傢伙走到一起啊！」

「也不算走到一起吧！」

「聽說分組都一組吧？」

「我說不是自願的，你相信嗎？」

「不管是不是自願的，應該很開心吧？」

江傑的口氣好像藏有其他意思，他會是感到不平衡嗎？曾經屬於他才能存在的團體，現在我卻莫名其妙的出現在裡面，我試探著問他說：「跟你口中的『那些傢伙』在一起，應該要感到開心嗎？」

他聳了聳肩，他穿著圓頭的牛津皮鞋，看起來不會太正式也不會太隨便，鞋子裡面穿的是Adidas的黑色襪子，不會像葉家恆的白色襪子那麼醒目，遠看其實看不出來是運動襪，還有點像上班族的黑色長襪。

如果只看外表的話，江傑怎麼看都是「上級」的人吧！

「那麼你開心嗎？」江傑反問了讓我措手不及的問題。

「很不能適應。」

「是嗎？跟他們在一起還是小心一點比較好哦！」

是爲了要提醒我，所以今天才會叫住我嗎？

「你聽到了什麼嗎？」我一邊問著，一邊害怕著聽到的答案。

那天體育課後，葉家恆和褐色頭髮的傢伙說話的內容，仍然清晰的存檔在腦海中，每晚在床上輾轉時，總是不斷地播放。

「其實也沒有什麼啦！子毅跟范姜孝泉都是不錯的人。」江傑慢慢地說：「不過扣掉他們的話，王思喬她啊！跟我們高一班那個蠢蛋是完全一樣的人哦！」雖然江傑沒有直接說出來，但我知道他說的是高一時那三個「上級」中除了他和小泉以外的第三人。

蠢蛋嗎？看起來江傑果然還是很介意被踢出去吧。

「很重視所謂的『規則』嗎？」我說。

「想不到你會那麼直接的把這些事說出來啊！」

「那是因爲在你面前吧！」說完的同時，我自己都覺得不可思議，我對江傑的信任似乎遠遠超出我認知的程度。

穿梭在人來人往的人行道，在別人的眼中看來，我們應該是好朋友沒錯吧。

「對不起。」不知不覺，我就說出口了。

「幹嘛突然說抱歉？」江傑皺了下眉頭。「怕我覺得不平衡嗎？」

「嗯。」我輕輕點著頭說，他的直覺一直都那麼敏銳嗎？我記得高一看他跟小泉的互動，明明就像兩個四肢發達的笨蛋，整天嘻嘻哈哈的。

或許是他一直都在裝傻吧！

「我才不會這麼想勒！」他說：「而且我一直都相信，孝泉他不會這樣對我的，他一定有他的苦衷吧！卽使只是因爲沒有勇氣出面爲我說話，這也是他的苦衷，看我被排擠出去，卻不能幫我任何忙，他應該比我還要痛苦吧。」

我眼前的人閃閃發亮著，在這個瞬間，江傑說出這句話的瞬間，他比全校的任何一個人都還要耀眼。就算遇到了這些讓人煩躁到不行的種種，依然就像擁有著「光環」一樣的向前，到底是什麼支撐著他不斷向前的呢？

「我也覺得孝泉他不是這種人哦！絕對不是。」

「是啊！我就知道你也是這麼想的。」江傑拍了拍我的肩膀。「以前好像都不知道你那麼善於表達。」

「我的確不太知道怎麼說出自己的想法啊！」

「是嗎？不善於表達也沒關係啦！像是你說出『那是因爲在你面前吧』，或是『我也覺得孝泉他不是這種人哦』這種好像你是跟我站在同一邊的話時，就讓人覺得很心安。」江傑笑著說：「感覺你有被『那些傢伙』有被影響了哦！」

「是嗎？我一點都沒有感覺。」

「自己當然不會有感覺啦！」江傑接著說：「就像我剛說的，你好像更懂得怎麼表達了，不像以前說話，總是像在擔心什麼一樣，也很容易吱吱嗚嗚的。該怎麼說呢，就是變得更有自信了吧！」

「如果是這樣，大概不是被他們影響，而是有其他原因哦！」

如果眞的要說有什麼讓我漸漸地改變了，讓我變得看起來比較有自信一點，大概是那天的那十秒鐘吧，一定是的。

就是無意間聽到葉家恆跟褐色頭髮的傢伙談話那天。

那天放學，我一如往常的去了圖書館。

或許是思緒全都被他們談話的內容給占據了，我並沒有太認眞的去注意周遭的事物，因此我也沒有發現到，那個原本都會在晚上七點左右才到圖書館的上班族，那天似乎早就已經在自修室裡面了。

我找了個位子放下書包後，拿起水瓶走向茶水間。

走出自修室後是一條通往入口和櫃檯的長廊，長廊的右側是兒童圖書室、洗手間和茶水間，而左側則是一整面的窗戶。

我不由自主地停在走廊上，一直盯著窗外的夕陽看。

牆面上大多早已剝落的油漆，數十年來孤單的支撐著建築物，在橙色的夕陽緩慢地照射之下，似乎又顯得更加落寞。

我拿起了手機準備捕捉這片景色，這是我的習慣，不管看到什麼總是會拿起手機拍攝下來。看著這些照片，我想著會不會就是因爲這樣，我才永遠都停留在這裡、一直在原地打轉、再也無法向前，就像被這些過去的照片給束縛住了一樣，但是一直以來都是這樣過日子的我，到底在懷念過去的什麼呢？

「夕陽很漂亮吧。」一個聲音讓我回過神來。

回頭一看，站在我身旁的竟然是那個年輕上班族。

他爲什麼會主動找我說話？向來都不擅長跟人對話的我，尤其是要面對一個陌生人，我心跳得好快。

「嗯！我覺得超美的。」不知道怎麼回答的我，隨意就將這句話說出口了。說出口的瞬間，就連我自己都對我這種輕快的口吻感到驚訝。我從來不知道自己有辦法這樣說話。

「你是學生吧？」他接著問我，看起來話題沒辦法那麼快結束。

「嗯！」我輕輕地點了點頭。

「學生很辛苦吧！有很多很多的考試，跟複雜的人際關係。」

不知道為什麼他要跟我說這些，但是一直以來我所遇過的大人，都只認為讓學生辛苦的原因是讀書跟考試的壓力。

這麼想真的很蠢，因為根本不是這樣的。

但是這個年輕上班族卻對我說出了「複雜的人際關係」這種事情，他高中是屬於「上級」還是「下層」呢？

就像我之前說過的，我嚮往進入職場。那是一個我只需埋頭做事，不需要多加思考的環境，在那裡只有「上司」跟「職員」。因此光看外表，實在沒辦法判斷他學生時代是處於什麼階級的，因為不管是「上級」還是「下層」，都必須面對複雜的人際關係吧。

我的腦中閃過了江傑的輪廓。

「或許是吧！」我用聽起來也不是很確定的口穩回答了他。因為與其說是辛苦，我覺得對於這樣每天都不知道到底為什麼而進到教室的高中生們，應該是悲哀吧。

我們兩人就這樣並肩站在一起看著窗外的夕陽。

「那個……不好意思，我先回去看書了。」大約過了十秒鐘後，感覺到他似乎沒有要繼續說話，於是我在氣氛變得更尷尬之前開口說道。

「喔……這樣啊。」他問了我：「沒耽誤到你的時間吧？」

「咦？」一時沒聽懂他的意思的我，發出了困惑時容易發出的怪聲音，眞尷尬。我趕快接著說：「哦哦！沒有啦！」

說完，我轉身準備回自修室。

「加油哦！」他對我說。

「加油哦！」這三個字在腦中不斷浮現，怎麼樣都消失不了。我好像有點明白了，原來一直被困在原地、再也無法向前的自己，所需要的竟然只是那麼簡單的三個字嗎？

在這十秒鐘，他和他所說出的那三個字在夕陽下亮了起來。我第一次有了好像可以繼續向前了的感受。

明明那些複雜的人際關係並不會因爲這樣消失，但是此刻我卻有了「從此都能這樣沒問題的活下去」的想法。對我而言，夕陽下的這十秒鐘，已經超越世上的一切了，超越那些正能量文章、超越任何勵志的生命故事。

原來我已經到極限了，對這個時候的我而言，隨便一個陌生人所說的話都能將我從萬丈深淵中解救出來。

只要有這句話，就算在校園裡也沒問題的，面對著葉家恆跟褐色頭髮的傢伙說的那些話也沒問題的。一股暖流不斷在內心湧出。

我以後，要成爲像他這樣認眞生活的上班族。我想著，我從不適合配戴著太遠大的夢想，我只要像他一樣，成爲一個在社會中認眞生活的上班族。爲了進入職場，就要先離開高中這個地方。這是我第一次對未來有稍微明確的概念。

就算步伐小也沒關係，我希望自己能夠向前進。

我想，或許這超越一切的十秒鐘，眞的開始在我內心發酵，而我也漸漸地在改變，對於察覺到這點的江傑，我感到很開心，這或許代表著，我想改變、我想開始向前的想法，不再只是想法，而變成行動了。

不過當然，我沒有把那十秒鐘的事情告訴江傑。而江傑也沒有更深入地問下去，我很喜歡總是把分寸跟距離拿捏得那麼剛好的他。

「那你的高二生活，還可以嗎？」捷運士林站就在前方了，我努力想要委婉的問出這個問題。

「嗯！很不錯哦！」江傑輕鬆的說：「有交到好朋友，甚至還跟他一起加入相同的社團。」

「什麼社團？」我記得江傑原本跟小泉一樣是棒球社的，後來發生那件事情之後就退出了。

「電腦研習社。」

「就是那種社團時間，就待在電腦教室做自己想做的事情那種社團嗎？」

「對啊！很瞎吧！連我自己都很訝異我會參加這樣的社團。不過因爲我朋友去了那裡，我就跟著加入了。」

「的確感覺不太適合你。」我笑了出來，不過我自己也是參加了社團時間只要去欣賞電影的電影社就是了。

不過其實江傑也沒什麼選擇吧！學校的社團又少，像是美食社跟韓研社那樣的社團大部分都是女生在參加。如果參加運動性質的社團，不管是籃球社、排球社、棒球社還是熱舞社，這些社團十之八九都是「上級」的夯哥們，這是他們自我展現的另一個舞台，江傑大概完全不會考慮這些運動社團吧。

「如果眞的要說高二生活有什麼瑕疵的話。」江傑停頓了下之後接著說：「大概就是跟阿彥同班吧！不過當然我在他面前已經不能再叫他阿彥了。」

「阿彥？」
「你不知道是誰哦？就是有刺青，染了褐色頭髮，穿著馬丁皮鞋，成天打扮的帥帥的那個傢伙啊！」
我愣了一下，江傑跟他同班嗎？那個和葉家恆一起說話的那個傢伙，原來他叫阿彥，雖然經常在校園中看到他，不過我卻不知道他的名字。
「不過不用擔心啦！他看起來雖然一副8+9樣，但他不會來找我碴的。」或許是發現了我的反應，江傑這麼對我說著。
眞希望他不是爲了讓我放心才這麼說的。
我由衷的希望著。
我們兩人一起走到捷運站時，天色已經黑的差不多了。
「好久沒有說那麼多話了。」江傑再次拍了拍我的肩膀。「那我走囉。」
「掰！」我看著他走進捷運站。
「啊！對了。」江傑像是想到什麼突然回過頭來，他用非常開朗的笑容對著我說：「雖然我跟你說了和他們在一起時要小心一點，不過不知道爲什麼，感覺如果是你的話，就一定沒問題的。」

是這樣嗎？

「江傑，謝謝你！」因爲距離他有點距離了，我不自覺的把音量提高，對他喊道。我想或許我的內心現在感到很高昂吧！

不管是開學第一天小泉對我比的讚，還是圖書館的夕陽下那十秒，又或是對我說出「如果是你的話，就一定沒問題」的江傑，都讓我有了「其實我可以繼續向前進吧」的感受。

一直以來的我，都像是被不斷流逝的時間給拖著向前的，在不斷轉動的指針之下，告訴自己要努力的生活下去。但這這一次，我想我能夠自己抬起腳來，然後跨出去。

我帶著這樣的想法，搭上了開往天母的中山幹線。

第一次段考結束了。

就算距離第二次段考還有一段時間，我依然持續去圖書館，去那個那些煩躁的想法和學校裡的人都進不來的世界。

那天之後，我在圖書館看到那個上班族，都會跟他點個頭。不知道在其他人的眼中，會怎麼猜想我們的關係呢？我曾試圖站在別人的視角幻想過，不過不管是怎麼樣的關係，似乎都沒有辦法合理的解釋，不過因爲事實上我和他也的確是這種不知道該怎麼說的關係。

因爲剛考完試，學業的壓力比較沒有那麼大，於是學校舉行了高二的班際籃球比賽。

這是重新分班後，第一件全班要一起合作完成的活動。

不過話雖這麼說，主導的一直都是「上級」的夯哥們，因爲不像是高一時的健康操比賽全班都必須上場，因此大部分的「下層」八成都跟我一樣，認爲這對我們而言是無關緊要的事情。

學校總是不斷在舉行這種讓人感到煩躁的活動，到底爲什麼要讓班級與班級間的人在場上光明正大進行這種暴力的鬥爭呢？場上的口角、賽後的心結，讓人搞不清楚舉辦這些活動的意義。

學校就好像怕精力旺盛的高中生體力過多就會去惹事生非一樣，因此透過這些活動，消耗我們的時間、榨乾我們的體力。

不過這些活動，或許會成爲「上級」未來汲取回憶的來源也說不定。或許對這一部分的人來說，這樣的活動有存在的必要吧！

我們班一路晉級，到打冠軍賽那天，我翹掉了，我跑去學校的圖書館。

因爲大部分的人都聚集到操場了，校園既空蕩又安靜，這樣的氣氛讓人感覺很舒服，尤其位於後棟的圖書館更是安靜。

走去圖書館的路上，我沒有遇到什麼人，只有遇到兩個坐在樓梯上聊天的女生，看起來都不怎麼會打扮，應該也是「下層」的人吧！大概跟我一樣不想到操場去看無聊的廝殺所以跑來這邊聊天吧！

跟她們擦身而過時，她們正聊著幾乎不會有高中生談論的歷史話題，像是雍正皇帝如果不鎖國、乾隆皇帝如果不那麼好大喜功，也許清朝的國力會更加強盛吧！因此把一切過錯都推到慈禧太后身上實在太不公平了。

那兩個女生聊著像是這樣的話題，高中還眞是充滿各式各樣的人啊，我一邊這麼想著，一邊走進了圖書館。拿起之前看到一半的《海邊的卡夫卡》。

我一直在圖書館待到籃球比賽快要結束，也接近放學時間時，我才離開。離開後我聽到遠方吵雜的聲音，我馬上就聽出那是葉家恆的笑聲，我悄悄地混入人群中，跟他們一起回到教室。

「你剛剛去哪？」小泉不知道什麼時候湊到我的耳邊，輕聲問著我。
「廁所。」
「少來了！」他說完我們兩個都笑了出來。
回到教室裡，桌上是雜亂的制服，地上散落著那些有上場比賽的人換下來的皮鞋。
「男生們臭死啦！」李可兒一進到教室就叫著。
所謂男生們當然是指有上場比賽的夯哥，這種時候我們是會被自動忽略掉的。
「欸欸！我們可是很努力的拿到第二名哦！」葉家恆說著：「不過輸給阿彥那傢伙他們班，還是很不甘心欸！小毅你不覺得嗎？」
「沒什麼感覺欸，不過你是真的很臭。」陳子毅對著葉家恆說，引起他們一陣大笑。
「怎麼樣，你想聞嗎？」葉家恆笑著把換下來的運動服壓在陳子毅臉上。
「臭死了！」
「你自己還不是很臭！」被葉家恆這樣說完後，陳子毅舉起了手臂，嗅了嗅自己的腋下。

「好像眞的欸。」陳子毅說著。

「你快去抱一下王思喬，你不去我要去了哦！」

陳子毅K了葉家恆一記，然後警告著他。

「你連腳都很臭欸！」在葉家恆脫下運動鞋，準備換上皮鞋時小泉叫著。

「你脫下來啊！我看你多香。」小葉嚷嚷著：「就不要跟子毅一樣，明明自己也很臭還一直說。」

「你吵死啦！」陳子毅笑著說。

「我不打算換回皮鞋了！太麻煩了！門口的校幹或教官要登記就讓他們登記吧！」小泉說著。

「你還敢被記啊！每次早上來晨練棒球你不是都穿著拖鞋就進來了，應該被記很多次了吧！你還敢調皮啊！」

「少囉唆！」

「你說什麼！」葉家恆說著，一邊又準備把那件運動服壓到小泉的臉上。

他們一群人吵鬧著，彷彿只有他們知道什麼是青春、只有他們正年輕著。

我收拾完書包後，離開了吵雜的教室。

「欸！阿愚！」我被人從後面拍了一下。「我可以這樣叫你吧？」

準備走向校門的我，突然被陳子毅叫住。

「哦，可以啊。」對於他突然叫住我，我感到有一點不自在，雖然說已經在各種課堂上的分組同組過很多次了，但我們大多還是不會跟對方說話，所以像這樣只有我跟他兩個人的獨處時間，我還是會感到很不自在。

「你要去搭公車嗎？」

這麼說上次跟陳子毅是直接從學校對面搭了紅12，因此他大概不知道我習慣在沒下雨的天氣走到中山北路搭中山幹線。

「對，要去搭公車。」懶得解釋的我這麼說。

「那一起走吧！」

這傢伙是要跟我一起搭公車回家嗎？一想到要跟他獨處，我的胃就開始痛起來，我討厭一緊張就胃痛的自己，更討厭站在陳子毅旁邊還這樣沒用的自己。

「我剛剛突然發現今天忘記帶家裡鑰匙了，但偏偏今天又打完籃球比賽，滿身大汗的煩死了，我只想趕快回家洗澡。」

「家裡沒人嗎？」

陳子毅搖了搖頭說：「我爸媽都要工作，大概要七點多才會到家。平常是可以跟小葉他們一起到處溜達打發時間，但今天的我好像滿臭的哈哈哈。」

「還是……你要來我家？」說出來的我瞬間我自己也嚇到了，我在做什麼，我正在約一個幾乎跟我沒有交集、而且是擁有「光環」的人物到我家。

「可以嗎？」陳子毅的反應也出乎我的意料，他看起來似乎是眞的想來。

原本只是看他眞的很想洗澡才脫口說出這樣的話，但不知道他會不會認爲我沒有保持好適當的距離。我跟他的關係不過是因爲他們分組人數不夠，因此總是負責幫他們湊齊組別人數的這種關係而已。

我在腦中想了一下後又改口對他說：「你還是不要來好了！」

「噗！」陳子毅笑了出來：「你也反悔得太快了吧？」

「因爲總覺得，我們還沒有熟到可以邀請對方去家裡的程度，我怕這樣會讓你有壓力，所以還是不要好了。」這大概是我第一次在陳子毅面前一口氣說出那麼多話吧。

「你在做任何事情，任何決定前，都會想那麼多嗎？」

「嗯。」我點點頭，他的語調變得不太樣，但看起來應該不是在生氣吧。

「那眞好誒！我一直都很不會做決定欸！也從來不去思考。」他把雙手疊起來放到後腦勺。「所以很羨慕你能努力地思考，然後選出自己認爲重要的東西。」

我很訝異竟然會從這樣有「光環」的人物口中，聽到他對我的羨慕。

「像是我不管遇到什麼事都會覺得，反正自己最後一定可以很好運的順利度過，因爲一直以來也都是這樣，所以在決定或選擇什麼之前，我通常都不會去負責任的思考。」

「這樣啊……。」我看著他的側臉，佩服著他能這樣坦率的面對自己。

「這樣什麼都不去想的態度，很差勁對吧？」

「一點也不會。」我對他搖了搖頭。「有時候如果思考太多，反而才會做不出決定欸！我反而覺得像你這樣很好，可以相信著『自己做出的決定，就是最好的決定』這樣的感覺。」

「自己做出的決定，就是最好的決定啊……哈哈哈。」陳子毅笑了出來。「我從來沒這樣想過欸！」

「有什麼好笑的啦！」陳子毅突然笑出來，讓我感到一陣尷尬的同時，我一邊回想著剛剛自己說的那番話是不是有點太自以爲是了。

「哈哈沒有啦！你的反應也太有趣了吧！」陳子毅接著說：「我只是覺得你去想到了我不會想過的角度，用這樣的方式去想，心裡就好像豁然開朗了，所以才笑了出來。」

「不會覺得我剛剛那樣有點太自以爲是嗎？」

「完全不會哦！我覺得跟你說話的感覺，很舒服哦！」陳子毅轉過頭來對著我說：「我一直以爲你是很安靜、很木訥、不會想表達自己想法的人，不過沒想到你說話很有趣欸！」

「什麼啦！」我笑了出來，雖然不知道他是在讚美我還是虧我，但我喜歡陳子毅口中形容的那個我。

「笑起來也很好看！應該多笑一點的！」他輕輕地說。

我的臉頰在發燙著，都已經十月了，夕陽怎麼還是那麼曬啊？

「不過不能去你家的話，我還眞的沒有地方可以去欸！」陳子毅嘻皮笑臉的對著我說。明明剛剛還能夠那樣溫柔的說話，下一秒「上級」特有的那種說話模式就又出現了。

「你可以找鎖匠啊……。」

「所以眞的不能去你家？」

「你眞的想來？」

「不方便嗎？」死殘爛打的他像個小孩子一樣。

「是也不會啦……。」他就眞的那麼想來嗎？我猜不到他在想什麼。

「紅12來了！」陳子毅對公車招手著。「在特殊教育學校那站下車對吧！」他對著我說。

「你運氣眞的很好欸……。」我想著平常的紅12有那麼好等嗎？

他回過頭來對我笑了笑，然後在我還來不及反應過來時，他突然抓住了我的手，然後上了公車。

他的手心，溢出滿滿的溫暖，而這股暖流，瞬間就在我全身蔓延開來。那樣的餘溫殘留在手心，有那一瞬間，我好希望他能夠這樣，這樣一直牽著我，永遠都不放開。

公車上，我們跟上次一樣幾乎沒有對話，原本以爲他或許會跟我聊聊籃球比賽的事情，不過沒在場邊看的我，就算他跟我聊，也不會有什麼共鳴吧。

在已經到我家門口時，陳子毅才開口問我：「你家應該沒有人吧？」

原本想說只是來借個浴室，就算有人也不會怎麼樣。不過母親好像說過今天會跟社區的其他媽媽們一起出去聚餐，至於父親跟哥哥都不會那麼早回來。

「嗯！沒有人。」我轉開大門的門鎖，金屬碰撞的聲音迴盪著。

陳子毅一走進來環顧了一圈後說著：「很漂亮欸！」

「還好啦！」我一邊說著，一邊告訴他浴室的方向。「那個浴室在那邊哦，我去幫你拿浴巾，不過……。」

我停頓了一下，看著他說：「你應該不會想繼續穿那身黏黏的衣服吧？」

我刻意避開「臭」這個形容詞。

「嗯！」他強烈的點著頭。

「可是我怕我的衣服你穿不下欸。」

「你有兄弟嗎？」

「蛤？」我愣了一下。「我是有一個跟我身材差不多的哥哥，但是你打算穿他的嗎？」

他嬉皮笑臉的笑著對我說：「開玩笑的啦！我穿你的就可以了。」

「衣服應該勉強可以穿的進去，但是內褲……。」

「也可以穿你的哦！」他笑著說。

我的臉瞬間漲紅起來。「我去便利商店買免洗的！等我一下。」

不知所措的我，丟下這句話後就走出家門了。不過我竟然放心的就這樣把他留在我家，我到底在想什麼？

我的頭腦簡直快爆炸了。

他洗完澡後，我帶他到我的房間打發時間，打算讓他在這等到七點。

我們兩個沿著床緣坐了下來，就這樣並肩坐著。他的身上有我的味道，穿著我的衣服、用了我們家的沐浴乳，因此在他身上出現了屬於我的味道。但是屬於他的那股獨特的體味，依然存在。

我和他的味道，在他身上繁複地交疊在一起。

「你的衣服很香，有你身上的味道。」他一邊拉起了衣服的領口聞了聞，一邊對我說。

「什麼啦！」他的舉動，不斷讓我心跳加速，爲了改變話題，我問陳子毅會不會餓。

「不會，可能太累了。」他回答道。

「那我就不準備晚餐囉！我也不餓。」或許是剛剛那陣胃痛的關係，我一點也不想吃東西。

「你房間很有你的風格欸。」他像是在努力想著什麼話題一樣對我說道。

「是嗎？」

「對啊，會讓人想住在這，很吸引人，就跟你一樣。」

是我的錯覺嗎？感覺他今天好像特別感性，而且說話時總是帶有著曖昧的口吻。但是當然，我不會知道他在想什麼。

明明都已經有女朋友了，還這樣做出給人希望、讓我誤會的舉動，眞的很差勁。但是我就是不會討厭他。

「對了，你說你有一個哥哥？」

「嗯。」我點了點頭。

「他多大啊？叫什麼？」

「跟我同年，叫韋梓愚。」我心想著他幹嘛那麼好奇。

「啊！異卵雙胞胎嗎？」他像是突然想到什麼一樣。「這麼說我國小好像有跟他同補習班過哦！」

「誒？」國小哥哥的確有去上過美語班，不過我沒去。

「你們兄弟都是三玉國小的對吧？」

我點了點頭。

「那應該不會錯！不過你們兄弟差很多！完全不會去聯想到你們是兄弟，但因爲你們名字都很特別，我應該早點聯想到的……。」

哥哥和我，一直都不是同世界的人。他是跟陳子毅他們屬於同世界的人。體育好，功課也好，高中考上了成功高中，未來也會考上台大之類的學校吧！然後遠永都在人群當中閃閃發亮著。

「不過在你們兩個當中……我比較喜歡你。」他說著。

我的心臟用極快的速度在跳躍著。

「我比較喜歡跟你這樣的人相處的感覺，什麼都不用想，在你身邊就覺得好安心、好放鬆、好溫暖。」

我可以感覺得到，他是發自內心說出這句話的。「什麼啦！」我害羞地笑著對他說。

「你笑起來眞的很好看。」他轉過頭來對我說。下一秒，他的唇緊貼在我的唇上。

他瘋了吧？

我來不及退後或是掙脫，就被他抓住了我的雙手，他開始更深情、更忘我的吻著我，然後接著一路吻到我的脖子上。從來沒做過這種事情的我，心想著他怎麼那麼熟練，然後一不小心叫了出來。

我一叫出來，他似乎更加興奮。

他要做到什麼程度？他到底在想什麼？腦中各種思緒混雜在一起，我沒有辦法思考，只能任由他擺佈我的身體。

「我就知道你不會排斥的。」他輕聲在我耳邊呼氣，對著我說。然後他伸手從我的乳頭向下摸到我膨脹的下體。

我又叫了出來。

簡直太不公平了，我早就已經被他看穿了，原來我自以爲藏在內心深處的心意，早就已經被他看穿了。早就已經有女朋友的他，利用我被看穿的心意跟我上床。這對我來說眞的太不公平了，那麼總是小心著揣測他在想什麼的我到底算什麼？那份藏在心裡的心意又算什麼？

但是我的身體卻不排斥，下體老實的勃起了，他拿出了裝在書包裡的保險套，這保險套他原本應該是要用在王思喬身上的吧！就這樣他進到我的體內。在兩坪大的房間中，我第一次交融的對象，竟然是這個夢寐以求的人物。

在這張小小的單人床上，我們的味道，真的交疊在一起了。

此刻，心裡萌生了一個不該有的想法、一個不能存在於我的腦中的想法。我盼望著時間永遠停留在這裡。

然後報應就來了。

明知道一直以來好事都不會發生在我身上，明知道如果不是一直安分地待在「下層」根本不可能安穩的過到今天，但我卻還是出現了不該擁有的念頭。因此報應才會降臨吧！

和陳子毅發生關係後，我們就像什麼都沒發生過一樣生活著。雖然我內心有很多想跟他確認的事情，包括他的心態、做這件事的出發點、還有他到底又是怎麼看待我這個人的。

但我始終沒有開口問他，看他就像什麼都沒發生過一樣的過日子，我也裝作若無其事，反正「下層」的人原本就擅長裝沒事。

「喂！」就在之後的某天放學，我突然被叫住。

褐色頭髮的傢伙，身旁站著王思喬。

「跟我們過來一下！」王思喬伸出手對我揮了揮，就像在叫小狗，她手上貼滿的指甲片閃閃發亮。

「你們要幹嘛？」我努力擠出這幾個字，我的心跳好快，好像隨時都有可能昏倒。

「欸！你可以讓小毅去你家玩，陪我們一下都不行嗎？」王思喬故意裝可愛的說。聽到這句話的我，腦袋一陣暈眩。

她怎麼會知道？

「不會還把陳子毅騙上床了吧？」褐色頭髮的傢伙一臉猥褻地說。

面對著眼前的兩人說出的話，我簡直就要窒息了，乾脆一槍殺了我算了。

我跟著那個叫阿彥的褐色頭髮傢伙走去了操場的角落，然後發生了我早就猜到的事情。

被施以一陣拳打腳踢後，我躺在一旁的草地上。

我沒有反抗，他的褐色頭髮在夕陽下看起來變成金黃色的，就算憤怒也難掩他的耀眼，我要拿什麼反抗？

一直以來就沒有什麼事情是我能夠改變的，明明一直都知道這個道理，爲什麼這一次的領悟卻會那麼撕心裂肺？

那傢伙甚至還暴力的用手不斷抓住我的下體，問我爽不爽。原本就很敏感的我，前列腺液跑了出來。

「不會吧！簡直噁心死了！」

我慶幸著王思喬沒跟過來，慶幸著放學時間的這裡不會有其他人，因爲這一幕，誰都不會想被別人看到吧。

看著在我面前張牙舞爪的他，我心想著，他做這一切又是爲了什麼？

用堅硬的馬丁皮鞋給我最後一腳後，褐色頭髮的傢伙離去了。

我攤在操場的一旁，已經分不出來痛的地方到底是哪裡了。是我的身體、肚子、臉、還是腳、又或是我的心？

我的全身像被掏空了一樣，褐色頭髮的傢伙就像是把沉浸在夢中的我打醒了一樣。我又再次回到了原點，我想，我真的再也無法向前了。

「界線」才不會消失。

我就這樣哪裡也不去，不願意回家，也不想去圖書館，獨自一個人坐在捷運士林站前面廣場的花圃旁，看著人來人往，我不會感覺到餓，我就這樣一直待到十點過後才搭公車回家。

母親什麼也沒問，只是幫我貼上了OK蹦跟紗布，我不知自己要怎麼繼續向前，於是請了兩天假，但學校要求要有醫院的處方證明，才能夠連請三天假，因此沒有證明的我，第三天只好硬著頭皮到學校去。

當然班上有眼睛的人，都看到我的傷了。

「怎麼了？」小泉跑來問我，但我只回了沒事。行屍走肉般的我，好不容易痛苦地撐完一天，我一樣走到捷運士林站前面廣場的花圃旁坐了下來，一坐就又坐到十點。

隔一天我又請了假，總之能夠不去學校我就盡量不去，學校只有說不能夠連續請假，卻沒有說不能間隔著請假。明明一點也保護不了學生的學校，竟然連學生自保的請假方式都要干預，我對學校裡的這些大人感到煩躁，也爲只能請假逃避的自己感到悲哀。

請了假卻不想一直待在家的我，下午就穿上了制服，跑去圖書館，我以爲在那裡我總是可以很放鬆。

在圖書館裡，我卻什麼也做不下去，所有的事情都在腦中盤旋。開學第一天小泉對我比的讚、還有在圖書館和年輕上班族度過的夕陽下那十秒、對我說出「如果是你的話，就一定沒問題」的江傑、和我上床的陳子毅、對我拳打腳踢的褐色頭髮傢伙。所有的一切都在腦海不斷浮現，卽便在我唯一能夠放鬆的圖書館，這些思緒依然糾纏著我。

大約七點的時候，他來了。

會注意到他是因爲他拍了拍我，把我叫到自修室外面去。

「你的傷還好嗎？」站在走廊上，他輕聲地問了我。

這一句話，讓這段時間以來累積的委屈、壓抑的情緒，全部都湧上心頭，堆積在我的胸口，讓我喘不過氣來。

沒辦法對同樣在學校裡的陳子毅和小泉說出口的事情、沒辦法對父母還有跟我處於完全不同世界的哥哥說出口的事情，不知道爲什麼，好像全部都有辦法對眼前這個人說出來。

在這個只說過一次話的年輕上班族面前，我的眼淚不斷地掉落下來。

—第五章—

陳子毅

場邊不斷傳來「下層」響徹雲霄的加油聲，好像只有這樣做，這樣努力地叫喊著，才能夠證明他們也是這個班上的一分子、他們也存在於這個偌大的操場上。

課堂上的分組，我、范姜、小葉加上韋梃愚的模式，被確定下來了。高中是個小型而且封閉的社會，很多一旦被確立下來的事情，基本上就不會改變了，大家也習慣這樣按照著「規則」生活著。

自從那天跟范姜談過之後，我們在之後的任何分組都會主動把韋梃愚拉過來跟我們一組，這對我來說是一件很開心的事情，因爲范姜也同意這麼做，所以我可以更心安的把韋梃愚找到我們的身邊來。不知道爲什麼，我就是喜歡他待在我的身邊。看到他會想要保護他、跟他相處也總是很舒服自在，我喜歡著這種自己也無法形容的感覺。

當然我們沒有特別跟小葉說過我們爲什麼這麼做，不過他對這件事似乎也沒什麼特別的感受吧。反正只要閃閃發亮的一群人能夠聚在一起、只要他不是落單的那個人，其他什麼都無所謂了吧！我猜想小葉那種膚淺的傢伙八成是這麼想的吧。

印象中只有在化學課的實驗那次分組，小葉曾說過：「不覺得跟那種傢伙在一起連我們都變得可笑嗎？」

「哈哈，反正你不是一直都很可笑嗎？」范姜用開玩笑的口吻，輕鬆的把這件事情帶過去。

「少囉唆！」小葉反擊著。

這次之後，似乎就沒有聽過小葉對這件事再說過什麼了。

我一直以爲，我可以這樣自私的，把韋梃愚留在自己的身邊，同時也可以兼顧著「上級」的身分、能把「光環」緊握在手中。

或許是一直處在這樣的環境裡，讓我有了不管什麼都能夠順利的完成、一切都能如我所願的想法。不過事情一定不是這樣的吧？

韋梃愚的出現，讓我的內心產生了很大的改變，每次看著能用很自然的方式跟他談話的范姜，我都覺得不可思議。爲什麼我跟他好像永遠都沒有辦法更靠近了呢？

我好想了解關於他的更多更多，關於經常出現在他臉上的憂愁、他的神祕感、他的脆弱、他那股吸引人的特質，還有我從未提及的，在他身上總是散發出的淡淡的熟悉感，我想要了解他的全部。

其實連我自己都不知道，我對他到底是什麼感覺？

是喜歡嗎？我從來都不覺得自己會喜歡男生，一直以來我也都是和王思喬那種漂亮的女生發生性行爲。當她親吻我、愛撫我的時候，我也會起生理反應，我也能像個男人一樣滿足她。

那麼我對韋梃愚的感覺，到底是什麼？

從他身上的某些特質，我可以猜出他應該是同志，即使他從沒說出口。那麼看到脆弱的他、不安的他就會想要抱住他、保護他、同時還有著女朋友的我又算是什麼呢？

我一直無法釐清對他那種特殊的感覺。

我也曾在腦中，對他有過性幻想，想著跟他上床的情節。出乎我意料的是當我這麼幻想時，我竟然會勃起。

我是認眞的想過，要與韋梃愚發生關係，我想透過這樣，或許我能更確定我對他的感覺。他是我心裡很重要的那一部分，但我卻不知道這個部分的定位到底在哪裡。

雖然聽起來很蠢，但我的確是這麼認爲的，我自私的認爲只要能夠跟他發生關係，或許就可以找到自己一直尋尋覓覓的答案也說不定。

不過當然，我不可能這樣對他做。

因爲他是很重要的人。

我停頓了一下，想著已經不知道跟她發生過幾次關係的王思喬，難道她對我而言不是重要的存在嗎？我再次替我們這段感情感到悲哀。

胡思亂想的我，在午休跑到校園閒晃時遇到了阿彥。

「陳子毅！好久不見！」

其實我原本是想找小葉陪我出來一起鬼混的，不過那傢伙一到午休時間就消失了，大概又是在哪個交友軟體上遇到了外校的妹子，所以跑到廁所裡面去偷偷講電話了吧。

「吳柏彥！」

「叫阿彥就好了啦！」他一邊說著，一邊把手勾在我的肩膀上，其實我滿不能習慣他總是喜歡這樣稱兄道弟的樣子，到底是誰告訴他這樣很帥的。在我看來我覺得簡直蠢爆了。

不過我當然沒有說出口。

「你也不想待在教室啊？」

「是啊！」他用馬丁皮鞋的前端，用力地踢著地面的碎石。「無聊死啦！」他抱怨著。

「每天都一樣無聊啊！」我和他走到操場旁的草叢，我知道他常在這邊偷偷抽菸。

「要嗎？」他用熟練的方式從口袋中掏出香菸，遞給了我。

「不要。」我果斷地拒絕了。小葉那傢伙曾經也果斷地拒絕了，但之後沒多久就看到他們會一起在這邊抽著菸。

「眞沒意思。」阿彥一邊點起香菸，口中一邊喃喃自語。

他總是給人一種不能拒絕他的感覺，其實就算眞的拒絕了，他大概也不會生氣，可是每次拒絕後他所散發出的態度就會讓人有這樣的感覺，那是一種很不舒服的感覺。

王思喬就曾經拒絕過他，毫不留情地拒絕了他的告白，在那之後我們就在一起了，對於我跟王思喬在一起的這件事，不知道阿彥抱持著什麼想法。但在某種程度上，我有足夠的信心，他絕對不會找我的碴，在所有人的眼中，我們就是「上級」最耀眼的存在，就是很好的死黨。

可是他想要的遠不止是「上級」而已，他一直給了我這樣的感覺，即使我並不知道「上級」再上去的世界是否存在。

小葉或許也是在沒有辦法拒絕他的情況下才開始抽菸的吧？雖然我覺得那個傢伙比較像是自己爲了耍帥才抽的。

身旁傳來一陣陣煙味。

教官們難道都沒有發現有人在這抽菸嗎？

看著他制服襯衫裡若隱若現的刺青，國小時代的吳柏彥的輪廓，在我腦海中浮現。

他會什麼會變成這樣呢？

國小五六年級時，我們曾是同個美語班的學生，那時候的他總是笑得很靦腆，班上的同學都很喜歡他。國小五六年級只剩禮拜三是半天，因此我們都是禮拜三下午去上課的。我總是很期待禮拜三下午去上課的日子，因爲那邊有一群這樣的朋友。

那時候我的腦中還沒有「上級」的概念，只知道在一個團體中遇到這種喜歡大笑跟愛運動的男孩子，他們就會主動向我靠攏過來，阿彥也不例外。

後來我升上蘭雅國中，他升上天母國中，我們就沒有再見過面了，高一時再見面，這傢伙就已經變成這副德性了。

「幹嘛一直看我啊？」他笑著對我說，表情看起來有點難爲情。

「爲什麼想刺青？」

「如果我說啊！因爲我想讓大家怕我，你相信嗎？」

「什麼嘛！無聊。」我笑了出來，往事卻在腦海不斷浮現。

那個讓阿彥在美語班幾乎被所有小孩孤立的男孩，他的模樣我記得一清二楚。

「怎麼會突然想問我這個問題？」

「怎麼說呢……應該說是一直都很想問，只是找不到機會。」我回答著。

「覺得跟以前比起來我變太多了嗎？」

「嗯。」我看著操場隔壁的鄰校，我們兩所學校只有一牆之隔。

「誰都會變啊！」他把手勾在我的肩上。「就像我以前也不知道，你竟然會跟那樣的人當朋友啊！」

我的心跳漏了一拍。

「小葉跟你說的嗎？」我故作鎮定的回答。

「是爲了湊人數吧？總覺得你一定會這樣回答的。」他說著：「不過就算這樣，也不用跟這種和我們『不同世界』的人往來吧？」

眞蠢。刻意避開「上級」這種說法的他，讓我感到很彆扭。

「找你找了好久欸！」突然出現的王思喬對著我說：「一起回教室吧！」她一如往常的用裝可愛的方式，小跑步到我身邊。

我在內心鬆了一口氣。

「你要跟她回教室了嗎？」阿彥發問著，一邊把丟到地上的煙蒂踩熄。

「對哦！下次再聊吧！」

「你，遇到了沒辦法解決的事情時，就又要把我丟下然後離開是嗎？就像那次一樣。」

我的手心不斷在冒汗，往事不斷在腦海中浮現，下著雨的那天，美語班的下課時間，雨傘被破壞獨自站在門口無法離開的阿彥，這一切不斷在腦海中浮現出來。

「什麼丟下你一人啊？噁心死了。」王思喬俏皮地對他吐了吐舌頭。「欸！我先說哦！你要是眞的喜歡男生，也不准搶我男朋友！」

「算了，我們也算是扯平了吧！」聽不懂吳柏彥在說什麼的我，跟著王思喬一起回去教室。

在走回教室的路上，王思喬勾起了我的手，用挑逗的口吻跟我說今天她爸媽都不在家。我確認了書包裡還有保險套後，在放學後跟她一起搭上捷運回她家。

放學時間的士林站人滿爲患，看著來來去去的人潮，讓我有了自己確實還存在於世界上的感受。我努力的去注意周遭的事物，電扶梯的警告廣播、刷悠遊卡時捷運站閘門發出的逼逼聲、皮鞋踩到地面透過木跟回傳的反作用力、王思喬手心的溫度，努力的去注意這些事物，卻還是沒有辦法阻止那句話在腦中不段浮現。

「遇到了沒辦法解決的事情時，就又要把我丟下然後離開是嗎？就像那次一樣。」

想忘也忘不掉的聲音。

「欸！」在月台等車時，王思喬叫了我。

就算心煩意亂，我依然溫柔地回應著她。

「你們找那個人，有事嗎？」

「誰？」

「那個看起來很遜的傢伙。」她把飛舞著的長髮勾到耳後。「雖然他打扮的不會很俗，不過看起來就很遜。」

我知道她在說誰了，不過她會問出這樣的問題我也不算意外。

「不知道他住在哪裡？感覺就是很偏僻的奇怪地方。」
「他住天母哦！我在公車上遇過他。」
「不會吧！」王思喬用雙手嗚住嘴巴，就像韓國綜藝節目上故作驚訝的女明星那樣。
眞是白癡。這是我在內心給自己女朋友的評價。
「那你跟范姜一直找那個人，是有什麼特別的事嗎？」她接著問。
「沒有。」
「對吧！嚇我一跳。」她輕輕笑著說：「如果要湊人數的話，就像吳柏彥說的一樣，一定還有其他更好的人選吧？」
原來她都聽到了嗎？
「不知道吳柏彥會不會做出什麼哦！畢竟他總是自以爲自己是很會喬事情的大哥呢，其實不過是個愛管閒事的笨蛋而已，對吧？」
王思喬跟我說話時，總是喜歡在句尾加上對吧？彷彿希望我能認同她一樣，但我一直都很明白，我能回答的其實也只有「對啊！」
總以爲很膚淺、很好懂的她，這一瞬間連我也猜不透她想表達的意思。

離開王思喬家後，我獨自一人走到東門附近，搭上可以直達天母的606公車。我靠在車窗上，什麼都不去想，就這樣讓窗外的風景帶著我向前，不管把我帶去哪都好！我這麼想著，只要能逃離這種煩躁的感覺就好。不過雖然這麼說著，我能回去的地方也只有位於天母的家中。

天母的濕氣好重，壓得我不能好好呼吸。離冬天越來越近，就連天母這種一直萬里晴空的地方，濕氣也有明顯變重的感覺。

我感到很煩躁，不管是說著「不覺得跟那種傢伙在一起連我們都變得可笑嗎？」的小葉、還是說著「遇到了沒辦法解決的事情時，就又要把我丟下然後離開是嗎？」的阿彥，又或是總是以人遜不遜、俗不俗的方式將人區分等級的王思喬，一切的一切都讓我厭煩無比。

每一天持續在被煩悶感籠罩的情況下向前推移，不知不覺就考完了第一次段考了，考完第一次段考就表示高二上學期的生活已經過了三分之一了吧？

這次大概也能考進班排前十名吧？我在心中想著，但是在像我們這樣的社區高中裡，就算班排前十也考不上多了不起的大學吧。我一直把自己的目標定在台北幾所分數較高的私立大學，國立大學應該是沒望了吧，因此如果能夠考上輔大、東吳或是淡江就好了。能夠留在大台北地區就好了。

不過仔細想想，如果靠學測的話，我根本沒有能放進備審資料裡的東西，但是容易受人影響的自己，大概也沒有辦法撐到七月份的指考。我抬頭看著天空，爲什麼它一直都那麼遙遠呢？

考完第一次段考後，趁著課業壓力比較小的時候，學校舉辦了高二班際籃球比賽。這大概算是在乏味到不行的日子裡，少數能讓人提起勁的事情吧。

在偌大的操場上，同時間擠下那麼多個班級，似乎也有點擁擠，或許高中的世界眞的就是那麼狹隘吧，大部分的人都喜歡往人群中鑽、盲目的跟著永遠跟不上的流行，這就是高中生啊！

爲期一週的比賽，我們班一路晉級到冠軍戰。

比賽的哨音響起了，但在場邊的衆多人群裡面，我卻沒有看到那個身影。

聽范姜說，他常常身體不舒服，是在保健室休息嗎？

站在場上的，全部都是「上級」的人，就連平常是打棒球的范姜，他也上場參賽了，不過對我們而言，不管什麼運動都不會玩得太差。

「喂！傳球啊！」「防守啊！」場上不斷傳來讓人血脈噴張的喊叫聲，伴隨著這樣熱血的氣氛，場邊不斷傳來「下層」響徹雲霄的加油聲，好像只有這樣做，這樣努力地叫喊著，才能夠證明他們也是這個班上的一分子、他們也存在於這個偌大的操場上。

「小毅好帥！」場邊傳來王思喬辨識度極高的聲音。

「喂！小毅！傳球！」冠軍賽我們班對上的是阿彥他們班。當阿彥守在我面前時，我聽到小葉在我背後大喊，但我卻一動也動不了。

我守不住阿彥。之後又連犯了幾個失誤，我守不住他、也過不了他、持球也總是被他抄走。

我在害怕他。

在熱血沸騰的球場上，我終於去正視到這個問題了，從下著大雨的那天大家要離開美語班時，我就再也不敢正面去面對阿彥了。

「小毅！你在搞什麼嘛！」來自其他隊友的聲音。

「沒事的。」就像是看穿了我的心煩意亂，范姜在我背部拍了拍。

我看著不斷拉大的比分，是我造成的吧？

風快速地掠過汗濕的皮膚，我們在場上跳躍時飛舞的頭髮，甩出了成千上萬的汗珠在陽光下閃閃發亮，阿彥一次次過我的時後，從我的身旁劃出了流暢的軌跡，我試圖追上他的節奏，卻怎麼也追不上。

場上的大家卽使已經筋疲力盡，卻還是全力地奔跑著，打球的瞬間大家是開心的，從大家臉上溢出的笑容我感受得到，那是高中生極少數由內心發出的眞心笑容。

走回教室的路上，小葉一直嚷嚷著我們原本是可以拿到第一名的吧，不過名次什麼的，我一點也不在乎。

韋梃愚那傢伙不知道什麼時候偷偷混入大家返回教室的隊伍，范姜在他耳邊說了一些話，我沒聽到是什麼，不過隨後他們兩人一起笑了出來。

他從沒有在我面前這樣開懷的露出笑容，此刻我竟然有點嫉妒范姜。

回到教室後，脫下濕濕黏黏的運動服，我只想趕快回家洗澡。但在收拾書包時，我卻發現沒有帶到家裡鑰匙。

眞該死。

我注意到已經收好書包，獨自一人走出教室的韋梃愚，沒有管小葉他們，我抓起書包跟了上去。

因爲父母要一直到七點多才會下班回來，所以我追上韋梃愚，希望在父母回到家之前，可以有個陪我打發時間的對象，而且我在內心盤算著，以我對他的了解，他就算有一點不願意也不會拒絕我。

其實我是可以去找鎖匠的，但我卻不想錯過這個可以跟他獨處的機會。

原本只是打算要他陪我打發一點時間而已，沒想到他卻脫口說出要不要去他家。雖然他一說完，就馬上反悔了，但是希望能跟他相處久一點的我，死纏爛打的讓他同意了。

在公車站一起等車的時候，我們用很自然的步調聊天，感覺他對我似乎比較沒有「戒心」了。看著車流量龐大的中正路，我們聊著芝麻綠豆的小事。也是透過這次的對話，我才知道原來他也有那麼多想法。

看著他談論著事情的模樣，我再次領悟到了范姜口中那個閃閃發亮的他。

我可能有一點羨慕他吧。

羨慕著他似乎總是能在自己認爲重要的事物中努力的做出選擇、努力的生活著。反觀我總是理所當然的認爲，不管遇到什麼事自己最後都一定可以順利度過，因爲一直以來都是這樣，所以在決定或選擇之前，我幾乎不會去認眞的思考。

包含考大學的事情，我也依然抱著這樣的心態。

這應該是我們第二次一起搭公車吧，即便我們的共同話題依然不多，但是這樣的氛圍卻讓我覺得剛好的很舒服，不用因爲怕尷尬而刻意去找話題，就只是一起在公車上搖晃著、穿梭在台北的街道之中。

在特殊教育學校下車後，我們在有銀行的那個轉角右轉天母東路。天母東路並不長，不遠的前方就可以看到山壁，那是陽明山的山腳，山腳下的東山路就是天母東路的盡頭，沿著東山路往南就可以回到我家。

在還不到天母國中前，我們過了馬路，轉進一條巷子，巷子裡都是屋齡已經很高但看起來卻不老舊的公寓。

原來他也是住公寓啊，我一直以爲他是住大樓，我總覺得韋梃愚家裡大概滿有錢的，不知道爲什麼。

「你家應該沒有人吧？」突然意識到他家人可能在家的我，趕緊問了他。

「嗯！沒有人。」他一邊轉開大門，一邊說著。

走進去後我大概環顧了一圈。「很漂亮欸！」我說著。

雖然外觀是老舊的公寓，但裡面卻是十分日系的布置，簡直是全能住宅改造王嘛！

「還好啦！」他用像是在敷衍我的口吻回答著，接著說：「那個浴室在那邊哦，我去幫你拿浴巾，不過……」他像是想到了什麼停頓了下來。

「你應該不會想繼續穿那身黏黏的衣服吧？」他盯著我那身剛剛還被小葉嫌臭的衣服問道。可以感覺得到他有刻意不要使用「臭」這個字。

「嗯！」我對他點著頭。

「可是我怕我的衣服你穿不下欸。」他很認眞的思考著。

「你有兄弟嗎？」

「蛤？」他停頓了一下，疑惑的說：「我是有一個跟我身材差不多的哥哥，但是你打算穿他的嗎？」

看到他這樣子，不自覺就會想捉弄他，王思喬不管再怎麼裝可愛，在她身上我也找不到這樣的感覺。

不過原來他有哥哥，我一直以爲他是獨生子。

「開玩笑的啦！我穿你的就可以了。」我竟然能自然的把這句話說出口。

「衣服應該勉強可以穿的進去，但是內褲……」他再次停了下來，表情有點難爲情。

「也可以穿你的哦！」我笑著對他說，想看看他的反應。

他的臉瞬間漲紅起來，雖然知道他很容易害羞，但我從沒想過他的臉竟然會紅成這樣。他腦中是聯想到什麼了啊！眞是的。

「我去便利商店買免洗的！等我一下。」正想跟他說不用麻煩了，他已經走出家門了，然後把我一個人丟在他家中。讓一個還不算太熟的同學獨自待在自己家中這樣妥當嗎？我突然擔心著不知道他家人突然回來會怎麼想。

他說有一個哥哥這件事情讓我有點在意。不知道他哥哥跟我們差幾歲？韋梓愚。我的腦中閃過這個名字，雖然名字很像，但他跟韋梃愚卻是個性天差地遠的人。

我獨自一人環視著他家，就像在無印良品的家飾展示區，老舊公寓的天花板不高，但或許是他家裡多餘的東西很少，因此感覺空間很寬敞，完全沒有被壓迫的感覺。

看著空無一人的房子，我想著，如果只有和他獨自在這裡，好像也不是不能做那件事啊！不過很快地我就覺得自己的這種想法眞蠢。

韋梃愚回來後，我拿著免洗內褲跟他給我的浴巾進到了浴室。

浴室的牆面跟地上都貼著黑色的磁磚，淋浴間中有著黑色的矮石台，上面放著接水用的木盆跟沫浴乳等用品，一旁還有張木製的板凳。矮石台上的水龍頭，一邊是調節水量的、一邊則是調整溫度的，在台灣幾乎不會用這樣的水龍頭吧。雖然沒有浴缸，不過整個淋浴空間看起來根本就像置身在露天溫泉池旁的和風坐式淋浴區。

洗完澡後，我穿上他給的衣服，那是一件條紋短袖的T恤，這麼說起來我好像從來沒有看過穿便服的他，不過這個沒有任何多餘裝飾的條紋上衣，的確很有他的風格。

身上有著熟悉的味道，不管是衣服的氣味，還是沐浴乳的香氣，那都是平常他身上擁有的味道。

我悄悄聞了穿在我身上的那件他的上衣，就連我自己都被這個舉動給嚇到了，但是更令我驚訝的是這個舉動竟然讓我起了生理反應。

我渴望著跟他發生那種關係。

我感覺到了什麼，在我走出浴室看到他後，有什麼事就要發生了，膨脹的下體讓我沒有辦法再克制自己了。

真噁心。這是對於讓那樣的預感成眞的自己，我所給的評價。

一開始我們只是並肩坐在他的床上，打發著到七點之前的時間。我看著他的房間，木格子書櫃、靠窗的書桌、單人床、還有吊著風格相同的簡約衣物的開放式衣櫃。

「你的衣服很香，有你身上的味道。」我拉起了衣服的領口聞了聞，大膽的暗示著他。

「什麼啦！」他像是想轉移話題一樣，問我會不會餓，要不要吃晚餐。

「不會，可能太累了。」我回答著。

「那我就不準備晚餐囉！我也不餓。」他的回答出乎我意料，我以爲他會以準備晚餐爲藉口離開房間。

只要他不離開房間，就說明了我感覺到的事情，即將會發生。

「你房間很有你的風格欸。」我故作自然的說著。

「是嗎？」

「對啊，會讓人想住在這，很吸引人，就跟你一樣。」我湊近了他，他似乎有點嚇到了，但卻不排斥。

不過在開始之前，我想我必須先確認一件事情。

「對了，你說你有一個哥哥？」

「嗯。」他輕輕地點了頭。

「他多大啊？叫什麼？」

「跟我同年，叫韋梓愚。」

「啊！異卵雙胞胎嗎？」我從來沒有想過有這樣的可能。是雙胞胎，可是是長得一點也不像的異卵雙胞胎。難怪兩個人完全截然不同，別說長相了，兩人的個性也是大相逕庭。

那個讓阿彥在美語班幾乎被所有小孩孤立的男孩，此時他的輪廓在我面前清晰地浮現。

「這麼說我國小好像有跟他同補習班過哦！」我對著韋梃愚說。

「誒？」他露出了不算太吃驚，無法解讀的表情。

「你們兄弟都是三玉國小的對吧？」爲了保險起見，我又跟他確認了一次。

他點了點頭。

「那應該不會錯！不過你們兄弟差很多！完全不會去聯想到你們是兄弟，但因為你們名字都很特別，我應該早點聯想到的……。」

是啊！我應該早點想到的，我確信著當年的那個男孩是三玉國小畢業的。

原來，我對他的熟悉感來自這裡嗎？

「不過在你們兩個當中……我比較喜歡你。」我對著他說，我看得出來他的臉紅了。

「我比較喜歡跟你這樣的人相處的感覺，什麼都不用想，在你身邊就覺得好安心、好放鬆、好溫暖。」

原來他是那傢伙的弟弟，這或許是我一直對他那麼迷戀的原因吧。就像國小的我，總是覺得韋梓愚就是最閃亮的核心，因此總是跟隨著他，在他身後當小跟班，能被他當成朋友就很開心。

而現在我就跟當年一樣，不自覺的想跟在韋梃愚身後。不過雖然他們是兄弟，但卻是截然不同的人，我相信著韋梃愚是不會傷害別人的。

「什麼啦！」他害羞地笑了出來。

「你笑起來真的很好看。」看著終於能在我面前露出燦爛笑容的他，我再也忍不住了。

我把我的唇貼了上去，貼在他的唇上。

我瘋了吧？

是啊！我的確是瘋了。

我抓住好像想要掙脫的他，我更忘我的深吻著他，因爲除此之外，我找不到其他能夠讓這個人完全屬於我的辦法。

他當然不是物品，我清楚地知道。

我從他的脖子上，一路摸到了他的下體，他下體的硬度超越我的想像。

他看起來似乎從來沒有這樣的經驗，輕輕一碰就叫了出來，他的叫聲讓我感到全身舒麻，這對我而言也是從未有過的感受。

我看著他有點膽怯，卻沒有強力的反抗，知道他並不排斥的我，溫柔地引導著他，找到最舒服的感覺。

我拿出書包裡隨時都裝著的保險套，在我們兩個都沒有確認過彼此心意的情況下，我就進到了他體內。

那天之後，我們就像什麼都沒發生一樣，但在我內心深處，我對於和他發生關係有了更強烈的渴望。而我也相信著，我不用說服他，他也會願意再跟我發生一次關係。

像是夢境那樣的不眞實，在台北市的某一個角落，老舊公寓中的某個房間內，沒有其他人知道在那張單人床上發生的一切，我們的性愛是超越一切的，那不單單只是慾望的發洩，至少我是這麼認爲的。

這麼說可能有點太自以爲是了，但是我猜想著，他是喜歡我的。

不過當然，任何人都不會知道他是怎麼想的。

我以爲美夢可以持續，就跟我一直以來都很順利的人生道路一樣。

沒想到噩耗卻降臨了。

韋梃愚突然請了兩天的假，原本就很常請假的他，這或許不是什麼大不了的事情，但我卻從范姜口中聽到一些消息，那消息瞬間將注入在體內的一切都抽乾了一樣，我恍如只是空殼。

「聽說，是吳柏彥打的。」范姜和我在空無一人的後棟，我從他口中得知這件事情。

「爲什麼？」

「聽說李可兒看到你們走在一起了，比完籃球那天，甚至進了同一間公寓裡面。」范姜說出的事情，讓我感到一陣無助。

「然後呢？這又代表什麼？」

「李可兒大概告訴王思喬了吧！王思喬不喜歡你跟『那種人』互動。」

所有煩躁的事情又浮到胸口，說著「不覺得跟那種傢伙在一起連我們都變得可笑嗎？」的小葉、還有對著我說「遇到了沒辦法解決的事情時，就又要把我丟下然後離開是嗎？」的阿彥，又或是總是以人遜不遜、俗不俗的方式將人區分等級的王思喬。

這些傢伙讓我感到無限煩躁，但會正讓我煩躁的其實是害了韋梃愚的我。是我害了他。

「下手很重嗎？」我除了擔心，沒有其他可以做的事情。

范姜搖搖頭說：「不知道，但總是會留下疤痕吧？」范姜接著說：「更過分的是，聽說他很得意地到處分享，說他只是開開玩笑而已，沒弄個幾下，對方竟然就『出來』了。你不會聽不懂吧？」

我緊握著我的雙手，同時這也是我第一次看到范姜露出那麼嚴肅的表情。

「阿彥他，爲了什麼要幫王思喬？」
「那傢伙不是一直喜歡她嗎？就像子毅你喜歡他，所以想保護他一樣的道理吧？」范姜笑著說，他的笑容一直都那麼溫暖跟耀眼。
我喜歡他嗎？
「現在不是裝傻的時候哦！不管那天你們兩個在一起幹嘛，現在只有好好凝視著前方，才不會留下走馬看花那種心態帶來的遺憾哦！」
「是啊！不認眞走路的話，就容易出大事吧！」
「是啊！」范姜稍微用力地拍了拍我的肩，那股力道不會讓人有負擔，那是使人振作的力道。
「如果能夠把眼前的障礙物都排除，就好了。」
我突然想到那天在捷運站王思喬對我說的：「不知道吳柏彥會不會做出什麼哦！畢竟他總是自以爲自己是很會喬事情的大哥呢！」
內心突然感到不寒而慄。
「范姜，謝謝你。」
「沒什麼，應該的，大家都是朋友啊，我只是偶然聽到而已，實質上也沒做什麼。」他將背部靠在欄杆上說著。

是啊！好想做點什麼，卻什麼也不能做。

隔天韋梃愚貼著紗布來學校上學了，一直想要找他搭話的我，卻一直找不到機會，他經常跑到健康中心，雖然有時候下課他會一人呆坐在座位上，可是這些事情我一點也不想在教室裡面說，更正確的說法是我不想在王思喬那些傢伙面前說。

再次跟他說到話，應該是將近一週後了，在放學時偶然看到要走出校門口的他，讓我決定翹掉籃球社的練習。

「小毅你再不參加練習，我就快可以把你幹掉囉！」離開球場時小葉對著我喊道。

「少囉唆！」我對他揮了揮手後，快速地離開球場，為了趕上他的步伐。快接近他時，我在他身後尾隨了一段時間，調整了自己的呼吸。或許是感受到背後有人存在，他的步調也跟著放慢。

「阿愚！」我點了點他，這是我擅自幫他取的綽號。

他回過頭來，表情看起來沒有很驚訝，但卻帶了一點戒心。

「你的傷，還好吧？」

「嗯。」他點了點頭。他臉上的表情，看不出他帶著什麼樣的情緒，唯一能解讀出來的，只有疲倦。

疲倦。

看著眼前的他，我想著要跟他道歉，可是又擔心會不會太過唐突。

我們踩著被夕陽拉長的影子，一起向前走著。我沒有再問他今天要不要一起搭公車。

「那個……對不起。」一陣風吹過去，溫柔地拂過我們的頭髮、也輕輕劃過我的耳垂。我擔心著這句話跟著落葉被風吹到遙遠的地方去，因爲我大概沒有勇氣再說第二次了。

我轉過去看著他的側臉，他的眼角像是隨時會有奪眶而出的淚水。

爲什麼要哭呢？

「不要……不要道歉……。」他抓住我的衣角緩緩說道：「也不要總是對我這麼溫柔。」

我想他是爲了我們而哭泣的，我伸出手想要抱住他，手卻放了下來。總是想要伸出雙手用力地抓住些什麼，想抓住我們拼命渴望著的什麼，可是卻總是落空。這點我們兩個都是一樣的吧？我想他就是在爲了這樣的我們哭泣。

「界線」一直都存在著。

「到人少一點的地方說話好了。」我對著哭泣的他說。

我想更了解他。

關於他，我有太多必須要了解的了。在能夠保護他之前，我需要更了解他，他臉上的憂愁、他的神祕感、他的脆弱，我都必須了解。

從他的臉上還能看出淚痕。

他的淚水，也在夕陽的照射之下，閃閃發光。

一第六章一

陳冠宏

溫暖嗎？我從來沒有想過，
這樣的形容詞可以用來形容我這個人。
活得一踏糊塗的我，也能帶給別人溫暖嗎？

他終於再次出現在圖書館了，雖然已經拆掉紗布，但是從臉上還是隱約可以看到傷痕。

在士林站前的廣場看到他那時候的激動，我仍然記憶的很深刻。

他爲什麼會受傷呢？

我走進自修室後，一眼就看到坐在角落的他。

我朝他走了過去，輕輕地拍了他，他抬起頭來跟我對到眼的瞬間，似乎有點驚訝。

把他叫到自修室外的長廊後，我問他：「你的傷還好嗎？」

窗外一片漆黑，透過窗戶也能感受到來自十一月初夜晚的涼意。這是我們曾經一起看著夕陽的長廊。

他在啜泣，他突然掉下眼淚的反應讓我有一點驚慌失措。

他在毫無預警的情況下，在我面前落淚了。

我慢慢伸出雙手，準備將他抱入懷中，但卻又想著這樣是否會越過我們一直保持良好的界線，彷彿只要有什麼「越界」的舉動，都會破壞那天夕陽下那特殊的十秒鐘。

著他。

「要不要到我車上去說？」總覺得就讓他在這個地方哭也不是辦法的我，詢問了我的提議。

他輕輕地點了頭。其實我原本以爲他會逞強的說不用了，卻沒想到他竟然接受

我們走出了圖書館，圖書館下方一、二樓的公有市場已經沒在營業了，黑壓壓的一片，加上陣陣吹來的晚風，給人一種涼颼颼的感覺。

「會冷嗎？」我問他。他沒有特別回答，只是搖搖頭。

我們一起走到附近的公有停車場，然後坐進那部Toyota內。

他坐上副駕駛座，我坐上了駕駛座啟動引擎，然後打開空調。

我輕聲地對他說：「現在有什麼事情，都能在這裡大聲說出來了。」

他看著前方的擋風玻璃，像是在仔細思考著什麼事情。

「疤痕還是很明顯嗎？」他像是在自言自語，看著自己在擋風玻璃反射出的倒影。「你竟然看得出我受傷。」

「老實說，是昨天我離開圖書館後，看到你獨自坐在捷運士林站前。」我老實的告訴他：「那時你的臉上貼著紗布。」

「是嗎？」似乎是行蹤被我知道，他帶著略爲驚訝的口吻說：「如果可以的話，我眞不希望你有看到。」

「我沒有跟蹤你哦！眞的是無意間看到的。」

「當然，我知道。」他緩緩地開口說：「我如果說我在等捷運回家的時候不小心摔下去淡水線的軌道，你相信嗎？」

我笑了出來。「抱歉，我沒有別的意思，只是認爲那是絕對不可能的吧。」

「是啊，那是絕對不可能的吧。所以我才不希望被任何人看到，因爲這樣的傷怎麼看都不是一般跌倒會造成的。」

的確，我一開始自己在心裡猜測的時候，也是這麼認爲的。

「我被打了。」他坦蕩的說了出來。

我安靜的看著眼前這個高中生，如果我和他是高中同學的話，或許我也會以「上級」的身分欺負他吧。

這是我第一次慶幸我們年紀差那麼多，慶幸自己是在這個還算成熟的年紀才遇到他。

「你知道學生之間有所謂的『階級』嗎？」

「知道。」

面對我的回答，他很明顯的感到意外。

「我以爲大人都不會知道。」

「我也才三十二，脫離學生時代也才十年。」講完的瞬間，我才意識到其實十年算有點久了。

「我一直以爲你才二十六、七歲。」他說著。

「看起來有那麼年輕嗎？」我一邊看著後照鏡中的自己一邊說：「可能是我有在規律運動的緣故吧！」

「健身房那種嗎？」

「對哦！」

「我因爲從小身體不好的緣故，沒有辦法進行太激烈的運動，所以一直都沒有運動的習慣。」他說著：「以後大概會老的很快吧！」

「運動習慣還是趁年輕養成比較好哦！」他會不會覺得我像是一個囉唆的爸爸在說教。

「玩運動是特定階級的特權。」他說著。我腦中浮現了在大隊接力時跌倒的那個同學的身影。

他像是有所顧慮的，用較慢的節奏問了我：「你們……你們學生時代時，也被劃分了階級嗎？」

我點點頭。

「我不知道爲什麼，莫名其妙的跟那種耀眼的傢伙，變成像是一群，但是我們應該要是不同階級的。」他終於要開始說自己的事情了。

「我是『下層』的。」他補充說道。

「不過能跟他們那樣的人走在一起，應該滿開心的吧？」

他搖了搖頭說：「我高一時的朋友也是這樣說，能跟那樣閃閃發亮的人物成爲一個小團體，應該是要開心的事情吧。不過可能我比較怪，我只覺得壓力很大。」

他停頓了一下，我好像一直抓不到他說話的節奏，每當他節奏變得緩慢或是停頓時，讓人分不清楚他是不願再繼續說下去了，又或是在思考著接下來該以什麼方式說下去。

「你應該，是屬於那種比較醒目的那種吧？」

「嗯，我想應該是吧。」

「如果是『下層』的人，大概就能懂得和那樣的人混在一起並不一定總是開心的原因了。」他說完後像是突然想到什麼一樣，轉過頭來對我說：「抱歉！我沒有什麼特別的意思，我只要講到自己認爲有道理的事情，態度就會變得莫名的自以爲是，抱歉……。」

「沒事的，我不介意，而且你說的也很有道理。」我訝異著自己即便已經脫離校園這麼久了，竟然還是會有用這種方式思考事情的時候，或許那樣的價値觀已經在腦海深處根深蒂固了吧。

「就像我說的，因爲壓力大，很多時候我其實還是自己行動，只有分組之類的事情，如果不跟他們，也找不到其他人，所以就只能跟著他們了。」

「因爲每個小團體在開學後迅速地確定下來了對吧？」

「就是這樣！」或許是因爲我明白他所說的情境，看得出他有點驚喜。他接著說：「大部分的放學時間我也都是自己一個人走，但是有次卻碰巧遇到了其中最耀眼的那個男生，還被他的女朋友知道了。」

「她覺得你們兩個是『不同世界』的人。」

「嗯，或許是吧。」這次他只是輕輕點了點頭，沒有像剛剛那次一樣有較大的反應。

就因爲這樣，他就必須被人打得滿臉是傷。我想到高中的自己，不也只是因爲一場根本無關緊要的大隊接力，就對人拳打腳踢。

「打你的是跟你們同一群的人嗎？」

「不是！是其他班的人，不過『上級』的人就算不同班也都會相互認識，這點你大概也知道吧？」

我點了點頭後問他：「那麼那個放學時跟你走在一起的人，他知道這件事情了嗎？」

「我想應該還不知道吧。」

也就是說，他一直都是獨自一人承受這樣巨大的委屈、這樣讓人喘不過氣的壓力嗎？看著坐在副駕駛座上的他，不知道爲什麼，此刻的我出現了想要跟他道歉的想法。代替著那個打他的人向他道歉，同時也是我自己要對高中時代那位胖胖的同學道歉。

「有時我也會想，他們乾脆把我放逐好了。」

「爲什麼不能自己離開他們？是擔心沒有其他可以容身的團體嗎？」

「也不全然吧。」他說著：「也許是捨不得。」

「捨不得？」我有預感他接下來會說出的話，是我一點也不想承受的。

「並不是捨不得那樣閃閃發亮的『光環』，而是……。」

「你喜歡上他了。」在他開口之前，我搶先一步說出來，我意識到原來我那麼排斥他說出這句話。

他的表情看起來有點不安，或許是思緒被看透的緣故吧。

「是啊！我想是吧。」他沒有否認，就這樣大方地接受了我的說法。

是嗎？原來他有喜歡的人了啊！雖然知道了他的性向，但是他已經有屬於他的心之所向了。

同時，我也覺得那麼在意的自己很蠢，我到底在期待什麼呢？我跟他之間又能夠發生什麼呢？

我明明知道的，有太多東西擋在我們之間了。

車上陷入一片寂靜，當中只有車子傳來的引擎聲。他輕輕地靠在車窗邊，他看起來似乎已經對生活精疲力竭了。十七歲的年紀，會發生的事情特別多，偏偏這又是個容易在意許多事情的年紀。

爲了打破沉默，我開口對他說：「我可以問你一個問題嗎？」

「嗯？」

「爲什麼你會願意跟我到我的車上來？」我問了自己感到好奇的問題。「老實說我剛開始以爲你不會接受。」

「是啊，爲什麼呢？」他緩緩說著：「因爲我總覺得這些話，對你好像就能毫無顧忌的說出口。」

「因爲我是陌生人吧？」

「是啊！我想一定是這樣沒錯。」

因爲故事中提及的那些人物，我完全不認識，也不用擔心我可能會把這些事情跟誰說，因此才能夠放心地說出來吧。

「在高中這個年紀，很多事都沒有辦法開口跟家人說吧？」仔細想想，這些在校園不能輕易說出口的事情，如果也不能跟家人傾訴，就等於完全沒有宣洩的管道了吧。

所以他才會在我一開口關心他的傷勢時，眼淚就馬上潰堤了嗎？好心疼。

「我不會跟家人說這些事情。」他說著：「因爲父親總是很嚴肅，我幾乎不會跟他說話，我也不會跟母親說，因爲怕她會擔心，我更不可能跟和我完全『不同世界』的哥哥說這些事情。」

原來他不是獨生子啊，我一直以爲他是獨生子。聽他這麼說，他哥哥大概也是所謂的「上級」吧。

「以後不管發生什麼，只要你願意，我都能傾聽。」

「謝謝你。」他的臉上浮現了難得的笑容：「在你身邊就能夠放心說出來，因爲你總是給人一種很溫暖的感覺。」

溫暖嗎？我從來沒有想過，這樣的形容詞可以用來形容我這個人。總是什麼都不敢大聲拒絕、總是抱持沉默、總是優柔寡斷的我、總是在傷害著別人，這樣的我讓他覺得溫暖嗎？

活得一蹋糊塗的我，也能帶給別人溫暖嗎？

「像那天在圖書館的長廊，你對著我說『加油哦』的時候，還有你問我『傷勢還好嗎』的時候，還有每次你都能清楚知道我在想什麼，能夠完全明白我表達的意思，讓我覺得跟你說話很心安、也很溫暖。」

「你不會覺得心思都被看穿了的那種感覺，很彆扭嗎？」

他搖了搖頭。「因爲我一直都很不擅長明確地表達我在想的事情，所以當說出口的話跟我在想的事情能被明白，讓我覺得很心安。」

原來如此，我從來沒有用這樣的角度去想事情。一直以來我總是害怕被人看穿，擔心著一直好好藏匿在內心最深處的那一塊會被發現。但是我卻從來沒有想過，對於不善表達的人而言，能夠被人明白或是被人認同自己的想法，或許是一件很幸福的事情。

他想事情的角度總是很特殊。雖然當他說話時我大概都能猜測到他要說的是什麼，不過他身上一直帶有一種奇特的神祕感，我想在他內心的世界裡，還有很大一塊的未知領域，可能也包括了這種特殊的想法在內，我想那是一個我短時間內還無法觸及的領域。

「我都不知道我隨口說出的一句話，能讓人有這樣的感受。」

「嗯，老實說，那天的那句『加油哦』，我一直將它視爲我前進的動力。」

「不會吧？這麼說太誇張了。」

「我就知道你一定不會相信，但我說的是眞的哦。」他淡淡的微笑著說：「那對我而言，眞的就是那麼重要。」

我一直沒有意識到，我好不容易決定要和欣婷結婚的決心，就是在這個瞬間開始動搖的。

「我一直認爲，我再也沒有辦法向前進了。」

原來他也會這麼想嗎？認爲自己沒辦法再前進了。

「爲什麼？」

他搖了搖頭說：「我也不知道，或許是對未來沒有特別的想法，又或許是不知道現在的自己是爲了什麼待在高中校園。」

「你有什麼想要的東西嗎？」

「爲什麼突然這麼問？」

「我想，或許只要想想自己眞正想要的到底是什麼，一切就都沒問題了吧？」

「或許是這樣哦！」他用指尖輕輕敲著大腿，我好像看到他笑了出來。

老實說，連我自己都很意外我能夠說出這樣的話，那我自己眞正想要的到底又是什麼呢？

「可以換我問你一個問題嗎？」他說道。

「你問吧！」

「為什麼會想開車通勤？」他問了讓我滿意外的問題，應該是說我以為他會問有關校園或是人際關係的問題，卻沒想到他問了這個問題。

他真的是很特別的高中生啊！

「我一直覺得台北的交通很方便，因此沒有開車的必要。」他說著：「所以每當我看著路上龐大的車流，我總是想著，到底哪來的那麼多車呢？」

「因為車能把你帶到你不會想到自己能夠到達的遙遠地方。」我開玩笑對著他說：「如果現在出發，明天早上就能到達墾丁了哦！這是只有汽車才能夠做得的吧。」

「很奇怪的比喻，但我大概懂了。」

「你說話的方式真的不像一般的高中生。」

「我本來就說我不太會說話了啊！」他有點不好意思的說。

看著他害羞的模樣，這樣的他，讓我想要保護。

一直到他離開我的車內，我都沒有開口問他的名字，而他也沒有問我要怎麼稱呼我。

這我們來說，是一點都不重要的，名字只是一個記號，而我相信著那樣的記號存在於我們之間，沒有任何意義。

「那個高中生如果喜歡上那個人，以後一定會很辛苦的。」我躺在床上，對著坐在書桌前忙東忙西的阿龍篤定的說。

「你管的還眞多啊！」阿龍連頭都沒有轉過來。

「他都已經因爲這樣受過傷了。」我自言自語著。

「你跟我說也沒有用啊！」阿龍似乎不太想搭理我。

「不過他竟然願意告訴我這件事情。」

「老實說還滿開心的吧？」阿龍用著調侃的語氣對著我說。

「是滿驚訝的。」我辯解著。

「哈哈哈，你這傢伙就承認吧！」阿龍把原本面向書桌的椅子轉了半圈面對著我說：「你從來都不願意坦率的面對自己呢！」

我沒有回應阿龍，我一想到他已經有喜歡的人，就感到心煩意亂。但是自己又是以什麼身分在心煩意亂呢？

「喂！陳冠宏！你還是早點回你家吧。」阿龍對我說：「太晚回去，不管回哪個家，都有女人會擔心你呢。」

他為什麼一副看好戲的態度啊！真討厭。

「真好啊！自己一個人自由自在的，好像大學生一樣。」

「一點也不好，這間擠到不行的套房，一個月也要一萬六欸！」

「那也還好吧？心理醫師賺不少吧？」

「你最近應該也賣掉不少物件吧？」

「欸！那不一樣，我們這種靠嘴巴的工作，誰都能取代。」我說著：「不像你們是用專業在工作。」

「不管賺多賺少，我都不想把那麼多薪水放在房租上。」從高雄來到台北的阿龍，好像還很不能適應。

「誰叫你要租那麼市區，欣婷以前也是一個月租那麼貴，現在她搬到文山區來，一個月一萬出頭就有了，分租套房的話搞不好八、九千就有了。」

「我又不是你，我沒車當然要住市區一點啊！」

「台北交通很方便了！」

「文山區沒有吧？」

的確，文山區大部分的地方都沒有捷運行經。

「南環段也不知道什麼時候才要蓋。」我喃喃自語著，不過阿龍大概不知道什麼是南環段吧！

「欸！你該回去了吧？」

「還是……我今天乾脆睡在這裡好了？」我問他。

「你快滾吧！」阿龍說著。

「你不想要我睡在這裡嗎？就像以前我們在宿舍那樣。」

「你夠了哦！」阿龍用稍微嚴肅的口吻對著我說。

「鬧你的啦！」我從床上爬了起來對他說：「我走囉。」

我走到玄關處，準備穿上鞋子和西裝外套。

「陳冠宏……。」我要走出大門時阿龍叫了我。

「怎麼了？」我一邊穿上皮鞋一邊問他。

「你真的想過這樣的生活嗎？」

「我別無選擇了。」我聳了聳肩，然後穿上鞋子準備走出去。

「其實說『不』，或許也沒有你想像中的難。」

「你又犯了開導人的職業病了嗎？」我笑著對他說，但心裡的情緒卻十分複雜。

他拍了拍我：「路上小心。」

大概是發現我又想裝傻了事，阿龍也沒有再多說些什麼了。

回家的路上，阿龍的聲音一直滯留在我的腦海不肯離去。

「其實說『不』，或許也沒有你想像中的難。」

從小我們就知道要勇敢拒絕自己不喜歡的事物吧！可是如果說了「不」之後所要面對的，是和這個社會的價值觀所抵觸的呢？

這就是我別無選擇的原因。

不過阿龍跟我不一樣。他是勇敢的人。需要選擇的人，只有我。

我心裡明白，阿龍一定也不想要這樣。就跟我一樣，我們都不想要這樣。但是到了最後，勇敢的他選了不一樣的路走，而我沒辦法像阿龍一樣，因此只能被迫選擇過著這樣煩躁的生活。

看著車窗外搖曳的樹枝，我想起了大學一年級時學生宿舍窗外的那棵樹，它現在，大概也還是待在同一個位子搖曳著吧！

一直都覺得自己成績還算不錯的我，大學也如願考上中字輩的學校，那是位於嘉義縣民雄鄉的中正大學，我就是在那遇到阿龍的。

那是我第一次要長時間離開台北的家，也因此到現在，對於大一我住的那間宿舍，我印象都還很深刻。阿龍是我的室友，在中正離校門很近的E棟宿舍那間房間內，我們擁有很多共同的美好回憶。

阿龍本名是梁一龍，從高雄來到嘉義唸書，我曾經笑過他的名字很土，他則一臉不屑的對我說我們這些台北人爲什麼開口閉口就是說別人士，他告訴我他的名字是霸氣。

從那時候開始，我們就一直用這種互相調侃對方的方式相處。我喜歡跟他相處的時光，開學不到一個月，我就知道我喜歡上這個人了。

在大一那個剛離家自由自在的時光，沒有任何事情會拘束我，整晚沒回宿舍也無所謂。那時候什麼都讓我覺得新鮮、什麼都讓我覺得想要去嘗試。不管是開車、夜唱、或是談戀愛，所有的一切都讓人覺得很愉快。

很快的，我就發現阿龍對我也有那樣的意思，他也成爲了到目前爲止，我唯一交過的一任男朋友。也是這個世界上，唯一知道我的性向的人。

那是大一放假前的最後一個晚上，我忘記那天窗外的月亮樣是什麼形狀、忘了是否有滿天的星光、也忘了那棵樹是否有隨著晚風搖動著。唯一記得的只有那天阿龍跟我說的每一句話。

和我們同房的另外兩名室友，一考完期末考就已經先回老家了，因此，那個夜晚，宿舍中只剩下我和阿龍。

「我喜歡你，而且我知道，你也喜歡我。」在唸心理系的他面前，我的內心總是呈現赤裸的狀態。

「阿龍，我沒有勇敢到可以跟你在一起。」

「我一點都不在乎哦！」他握住我的手對我說著：「即使有一天，我們都被迫要過『正常』的生活、都必須要結婚、都要生子；即使我們可能大學畢業後就要分手，我都無所謂。現在的我只想跟你在一起，就是在這個當下，不去管以後，我想跟你在起，就只是這樣而已。」

那個晚上，我和阿龍兩個人一起擠在一張小小的單人床上，度過了在宿舍的最後一個夜晚。

之後升上大二，我和阿龍一起在學校附近租了房子，我們過上像眞的結了婚那樣的生活。

因爲阿龍的那段話，大二到大四的日子，無庸置疑地成了我人生中最幸福的三年。這是我第一次擁有幸福的感覺，這種感覺跟高中那種空洞的「階級」或是虛有其表的「光環」是完全不同的。那是深刻的感受，它就握在我的手中，誰也搶不走，至少在這三年內，在嘉義民雄的那間小套房內，誰都奪不走。

周遭的朋友，沒有任何人知道我跟阿龍在一起這件事，他們只認爲我們就是感情很好的死黨而已。

但是也如同他那段話所說的，大學畢業後我們就分手了。他回到了高雄，我也回到了台北，那段日子從此也成爲我們內心最深處的祕密。不過卽使住在不同城市，我們一直到現在都繼續以普通朋友的身分來往。而且前一段時間，阿龍告訴我他找到台北的工作，就要搬上來台北了。

也因此，和那個高中生在車上聊完之後，我就到阿龍的租屋處去找他了，一方面是想看看他的租屋處，另一方面則是想找他傾訴。

我也不是沒有想過有沒有可能再和阿龍從新開始，但以現況來說，這是完全不可能的吧。

我握著方向盤，羨慕著不被任何事物拘束的阿龍，我想會不會是因他不是獨生子的緣故呢？少了傳宗接代的壓力，所以他才能不被任何事物束縛、也不去在乎大衆的眼光，我恐怕永遠也到達不到那樣的境界吧。即使坐在我曾以爲能把我帶到任何地方的駕駛座上，我依然到達不了那樣的境界。

對我來說，如果有天我也有勇氣和阿龍一樣大聲說出來，就像他在宿舍對我告白那樣，就像在中正大學的寧靜湖畔他主動牽起我的手一樣，如果能夠做到這樣，我跟那個圖書館的高中生就會比較有可能嗎？

大概也不會有任何結果吧。

想到這裡，我又想起了母親哭泣的樣子、又想起了阿龍的話。

「其實說『不』，或許也沒有你想像中的難。」

我還有退路嗎？

之後有一段時間，我都住在家裡。不是因爲跟欣婷吵架了，而是她說在結婚前想要回老家一段時間，因爲她很久沒回去了，加上她想順便跟父母商量一些婚前要準備的事情。

「雖然確切的日子還沒決定，但我想當面跟爸媽說我們決定要結婚了這件事情。」她是這麼對我說。

「需要我開車載妳回去嗎？我也很久沒看到他們了。」

「不用了。」她體貼的說：「你忙工作就好了，而且趁我不在的時候，你也可以跟阿龍出去喝喝酒啊哈哈！他搬來台北後你們要見面就很方便了。」

欣婷也知道阿龍的存在，不過她當然不知道我們之間有過的關係。

「結婚後就沒有那麼自由了哦！」她笑著對我說：「所以在結婚之前讓你好好玩一玩。」

「什麼跟什麼嘛？」

「你跟阿龍在一起我很放心啊！他感覺不是什麼壞人。」

壞人一直都是我吧。我在心裡這麼想著。

「妳的假都請好了嗎？」這是我唯一想到能夠提醒她的事情，因爲她是個獨立的女性。我以爲這個時代裡面，這種獨立的女性都不會想要結婚，直到在遇到欣婷之前我一直有這樣的觀念。

「嗯！考上正式老師以來，第一次請這麼多天的假，不過眞正頭痛的是代課費，我們老師請假代課費可是要自己出的。」她邊收拾著行李邊對著我說：「啊對了，我想要明天下班直接回南部，你明天應該也會開車去上班吧？我行李可以放你車上嗎？」

「什麼意思？」我有點聽不懂她的意思。

「因爲我不想把行李箱拖去學校啊！再繞回木柵的租屋處也很麻煩吧？所以我想說等等就先拿到你車上放，明天下班我搭捷運去士林跟你拿。」

「不用這麼麻煩吧？我去學校接妳就好了啊！然後再直接載妳去台北車站搭高鐵啊！」

「不用啦！你不用這麼麻煩，而且下班時間的市區道路也很塞車吧！從士林搭捷運到北車也才十五分鐘而已。」她蓋上行李箱對我說：「就這麼說定了，明天我下班會到士林分館找你，你如果眞的想幫我什麼忙的話，明天早上幫我把行李箱提去車上就行了，謝啦！」

我知道欣婷是因爲體貼、爲了怕我麻煩，才這麼做的。但是我到現在還是很排斥她來到圖書館附近，對我而言，那是很重要的地方，是屬於我跟他兩個人的地方，而這個地方，我並不希望有我熟悉的人介入進來。

欣婷回老家後，我恢復了短暫的自由之身。日子接近十二月了，圖書館的學生突然多了起來，大概第二次段考快到了吧。原本一離開辦公室就熱到需要馬上脫掉的西裝外套，面對現在的溫度下班穿著剛剛好。而總是好天氣的士林，受到入冬後的東北季風影響，也經常飄起毛毛細雨，雖然說從小就在台北長大的我出門本來就都習慣帶上折疊傘，但是下雨天總是讓人不舒服。

又快到年底了嗎？我明年就三十三歲了，或許眞的是有規律上健身房運動的原故，我的外表看起來確實比較年輕，不過時間依然不斷地向前著是擺在眼前的事實。

欣婷不在後的第三天，台北下起雨了，雖然不是夏日午後那種傾盆大雨，但雨勢也不小，加上越來越冷的天氣，讓人一點都不想出門。

不過卽使是這樣的天氣條件，下班後我還是到圖書館了。爲了能夠看到總是坐在角落那個位置的他。

閉館後，我看到走出自修室的他，肢體似乎不太協調。

又受傷了嗎？

「嘿！你……還好嗎？」在樓梯間的時候，我主動叫住了他，並跟他一起走下樓。

他用有點困惑的表情看著我。

「你走路的樣子，怪怪的。」

「哦。」他有點難爲情地說：「今天下的雨，把我的皮鞋跟襪子都弄濕了，現在走起路來都會『噗滋噗滋』的，感覺很噁心。」

「哈哈，原來是這樣。」我笑著對他說：「還以爲你又被欺負了。」

「什麼嘛……。」

「啊！對了！你等我一下。」走到一樓後，我對著他說：「你待在這邊等我一下哦！」說完，我撐起傘到車上拿了上健身房用的運動鞋。

返回圖書館後，他皺著眉頭看著我說：「你去幹嘛？」

「幫你拿鞋子啊！還好我今天剛好上健身房。」我對他說：「所以車上有一雙運動鞋。」

「不……不用啦。」他趕緊對我說：「我穿這樣回去就可以了。」

「這樣會很不舒服吧。」我邊對著他說，邊脫掉自己腳上的皮鞋和襪子。「原本打算就讓你穿我的運動鞋的，但後來想說那鞋子和襪子都是穿去運動的，怕會有點味道，還是不要給你穿好了。」

「眞的沒關係啦。」他對我說：「而且這樣你要穿著西裝褲配運動鞋也太奇怪了吧。」

「我等等是開車回家啊！不會被看到的，你快點坐下吧。」我讓他在門口台階上，找了一小塊比較沒被雨水弄濕的地方坐了下來。

在他終於肯坐下了以後，我問了他：「怕你會不想穿我的襪子，你要直接穿鞋子嗎，還是要穿襪子？」

「穿襪子好了，我的腳也不乾淨，不好意思直接穿進你的皮鞋裡。襪子我會洗乾淨再還給你。」

我準備幫他套上了我的黑色長襪時，他伸手抓住了我說：「我自己來就可以了。」

「你坐好就可以了。」我一邊對著他說，一邊幫他套上了我的黑色長襪，再幫他穿上我的皮鞋。或許是穿在浸了水的皮鞋裡面一整天了，他腳的表面有點皺皺的。

「謝……謝謝你。」他對我說。

「好像太大雙了。」我笑著對他說：「你太矮了。」

「你……應該也沒有高我多少吧。」他一邊回嘴的同時，我一邊幫他把鞋帶重新再綁緊一點。

一邊幫他穿上鞋子的同時，我發現，只要是爲了他做的任何事，我都不會感到煩躁，而且都可以發出心中最坦率的笑容。

這就是所謂幸福的感覺，這是自從大四畢業後，我就再也不曾擁有過的那種感覺。

「你有其他雙皮鞋吧？我記得我看你穿過。」他對我說：「不會害你明天上班沒得穿吧？」

原來他連這種細節都會去注意啊！不過他會觀察到這種細節，我也沒有感到很意外。

「嗯！不急，有在圖書館遇到再還我就可以了。」

「那等襪子洗好了，我再一起還給你！眞的很謝謝你。」他說完還輕輕地鞠了躬，讓我覺得他對我未免也太見外了吧。

不過不管是他上次願意坦蕩的跟我說學校發生的事情，還是這次願意接受我的好意，都讓我覺得有獲得他的信任。

「你覺得別人看到我們，會覺得我們是什麼關係？」我試探性的問了他，但同時再次對自己問的問題感到失望，也覺得自己很蠢。我到底期待從他口中聽到怎麼樣的答案呢？

「你希望別人覺得我們是什麼關係？」他輕輕地笑了，沒有正面回答我的問題。我沒有回答他，因爲老實說，現在的我，一點都不在乎從我們身邊走過的人會認爲我們是什麼關係，我只在乎眼前的他。

「我載你回去吧！」

「不用了。」他對我說：「我自己搭公車回去就可以了。」

「沒差啦！」我對他說，而且我也有點好奇他住在什麼樣的地方。

「可是……你都把鞋子給我穿了，這樣還要你載，我會很不好意思。」他把頭低了下去。

「這是兩件事情吧！」我對他笑了笑，然後輕輕拍了他的肩。「而且如果你又自己搭車回去，等一下不就又把鞋子弄濕了嗎？還是讓我載吧！」

「你是在擔心我淋濕還是擔心你的皮鞋啊？」他一邊笑著對我說，一邊跟著我走向我停車的地方。

看不出來他也是個會開玩笑的人。

他坐上車之後，我幫他繫上安全帶。

「我自己來……就好了。」他似乎被我突然出現的舉動給嚇到了，不過他話還沒說完，我已經幫他把安全帶繫好了。

不過不只是他，連我自己都嚇到了。這個動作，我從來沒有對坐過我的車那麼多次的欣婷做過。

幫他繫上安全帶的同時，我貼近他，就好像他在我面前大哭的那天一樣，我能感受到他呼出的氣，我能感受到現在的他跟我一樣緊張。

「你……對每個人都這麼好嗎？」他緩緩地開口問我。

他的問題讓我陷入空白。

「我只對你好！只對我喜歡的你好！」內心深處不斷傳來這樣的聲音，但這樣的話我說不出口，也不能說出口。

「你希望別人覺得我們是什麼關係？」想起他剛剛問過我的問題，我的心像是在燃燒一樣，他就在我的眼前，而我卻什麼都說不出口。

我親了他。

這是沒有任何語言能夠說明的一個吻。這是那些造作的言語完全無法形容的境界，我內心最深處的那個境界。

此刻我才意識到，我想和欣婷結婚的決心，早就動搖了。

「你……幹嘛。」他似乎被我突如其來的舉動給嚇到了。

「那個……對不起。」我趕緊對他解釋著。

「我……不想介入別人。」

他停頓了下來。

「不管是學校那些閃閃發亮的傢伙，還是你，我明明一直都沒有要介入別人的意思。」

我聽不懂他的意思，什麼介入？

「你有女朋友了吧？那天我透過圖書館的窗戶看到的，有一個女生來找你拿行李箱吧？」

我的腦中一片空白。

「不要騙我那是妹妹之類的，她離開前還親吻了你的額頭吧？」

明明最不希望欣婷來圖書館被他看到，可是偏偏還是被看到了。

「如果你已經有女朋友了，你怎麼可以……怎麼可以讓我介入這段關係，怎麼可以對我這麼溫柔……。」

我體內的一切彷彿都被抽空了。我無意間又傷害到他了嗎？跟他班上的那個傢伙一樣傷害到他了嗎？

一股煩悶的感覺從心中的深處席捲而來。

看著紅綠燈倒數計時的秒數、路邊那隨地大小便的流浪狗、被風吹到汽車引擎蓋上的樹葉、亮著紅色和黃色光線的儀表板、方向盤上密密麻麻的那些車縫的線。

所有的一切都讓我感到厭煩。

而我沒有想到的是，不想被看到的那一幕被這個高中生給看到了，而此刻這幕也被欣婷給看到了。

—第七章—

韋梃愚

台北一直都在改變啊，有著近三百萬人口的台北市，每一天的步伐是那麼地衝忙、總是瞬息萬變，可是我生活在這個城市之中，卻總是在原地踏步、總是沒有辦法繼續向前。

我們都沒有再說起在我房間中發生的那些事情。

我心裡很清楚，他是有女朋友的，說的更直白一點就是他不會喜歡男生，所以無論如何我們都不可能發展成我所希望的那種關係。但是我總是能感受到，他一直隱約散發出的、那種像是好感的東西。

那到底是什麼？

他爲什麼要和我上床？只是想發洩慾望那麼單純的原因嗎？

他到底是怎麼想的呢？我完全沒辦法知道，現在他心裡面，到底是怎麼看待我的。

在我貼著紗布去到學校的那天，其實我有感覺到陳子毅似乎有什麼話想要跟我說。不過我卻假裝沒有注意到，反正他大概是要問我怎麼受傷的事情吧？不過就算他開口問，我也不知道要怎麼回答，所以索性假裝沒注意到，下課時間就坐在位置上放空，盡可能不讓他有跟我搭話的機會。

不過有天放學，還是被他逮到機會了。

「阿愚！」他從背後點了我。大概從在校門口等著過馬路時，我就隱約有感受到他一直走在我後面。

我回過頭看了他，我現在的表情看起來大概很疲憊吧，不知道他會不會發現呢，我總是在期待著他能夠發現，發現我已經沒辦法向前了、已經沒辦法再撐下去了。

不過他大概沒有發現吧，如果有的話，他就不該再跟我搭話了。

「你的傷，還好吧？」

「嗯。」

在吵雜的大馬路旁，我們之間的安靜顯得十分突兀。

「那個……對不起。」他的道歉劃破沉默。

他突然的道歉，讓我一直堆積在胸口、一直讓我喘不過氣的那些什麼，瞬間就要從眼角溢出，就像那天在圖書館一樣、在那個年輕的上班族面前一樣。

我爲什麼總是這麼脆弱呢？

我緊緊抓住他的衣角對他說：「不要……不要道歉……。」

自從被褐色頭髮的傢伙和王思喬「警告」過之後，我已經意識到了，連存在於同個小團體間的友情都是不被許可的，那種還不被世俗普遍認同的同性間的愛又怎麼會有可能成眞。

點。

即便我們曾經上過床，我們之間也永遠不可能有什麼改變。我絕望地意識到這

「也不要總是對我這麼溫柔。」我強忍著淚水，對著他說，我的手捏得好用力

好用力，把他的襯衫都捏皺了，但即便如此我還是不想放開，好像只要現在鬆開了

手，我就要永遠失去這個人了。

在他面前掉淚，讓我覺得尷尬又丟臉，而且還是在人來人往的人行道上，我低

著頭，不希望被路人看到我在哭泣。明知道這麼做可能會被同校的人看到，甚至又

產生我們之間有什麼的誤會，但我就是忍不住，忍不住想替這樣悲哀的自己哭泣。

「界線」一直都存在著。

「到人少一點的地方說話好了。」他的輪廓在夕陽下還是那麼耀眼。

我們沿著學校旁的基河路，走到位於台北市立天文館旁的美崙公園。天文館

是國小的時候校外教學一定會來的地方。我記得在四樓還有星際探險列車可以搭乘

吧，還記得那時候全班都搭得很開心，只有我竟然搭到頭暈還吐了出來，從小我就

對什麼都不擅長。

一旁的科學教育館也是會一起去參觀的地方，明明很多年沒有去了，但是對

於裡面空間配置的記憶，竟然意外的清晰。科教館再過去，可以看到一座高聳的摩天輪，那是台北市立兒童新樂園，這幾年才落成的，舊的兒童樂園在圓山捷運站附近，現在如果搭捷運還能看到廢棄的摩天輪孤單地佇立在那。

台北一直都在改變啊，有著近三百萬人口的台北市，每一天的步伐是那麼地衝忙、總是瞬息萬變，可是我生活在這個城市之中，卻總是在原地踏步、總是沒有辦法繼續向前。

「我知道是吳柏彥那傢伙幹的。」在公園中找了一張長椅坐下來後，陳子毅緩緩開口對我說道：「范姜告訴我的。」

原來他早就都知道了嗎？

「既然都知道了，爲什麼還要找我說話？」我有點賭氣的說出這句話，陳子毅大概聽得出來吧。

「因爲想要當面跟你道歉。」

「這不是你的問題。」看著他把雙手交疊在一起，自然地垂到兩腿間，以及低下頭時露出的表情，我才意識到自己剛剛好像有點太過分了。

「而且我希望可以保護你。」

又來了，又是這種莫名其妙的好感。

夠了……已經夠了。他到底是抱著什麼樣的心態說出這樣的話呢？我在他面前一直都無法好好的說話，我總是很緊張，因爲要跟這種「上級」的人說話，我一直以來都不會跟這樣的人打過交道。

我在莫名其妙的情況下變成跟他們是一群的，之後一起搭公車回家時，那種自在的氛圍讓我覺得或許眞的有一絲希望也說不定，雖然那道光很渺茫，但是對我而言卻十分重要，那光線是他們這些擁有「光環」的人永遠無法看到的吧？所以才能在我已經被褐色頭髮的傢伙給打醒之後，還悠哉的說出「希望可以保護你」這種話吧。

我感覺自己已經快到極限了。

「我希望可以更了解你。」他緩緩開口說：「我從來就沒有認眞的去了解過你，所以才會傷害到你吧？在保護你之前，我想要先嘗試著了解你。」

路燈被點亮了，光線伴隨著夕陽逐漸消失，天空由橙色轉爲黑色。

我注視著他的側臉，思考著他說出的每一個字，他就像是看穿了我的思緒一樣，終於說出了我強烈渴望的什麼。

「你想了解什麼？」我問他。

「什麼都好，關於你的任何事情都好，像是你家裡的事情、你小時候的生活之類的。」他對我說。感覺是看到我終於願意與他交談，他心中似乎也鬆了一口氣。

在夕陽的餘暉下，總是閃閃發亮的他，竟然有些無助。

或許陳子毅知道我受傷也很不知所措吧，不知道該怎麼辦，而他的那份心情一直以來也沒有人可以爲他分擔，就連我都不會站在他的角度想過事情。我一直覺得身爲「下層」很悲哀，一直認爲從來沒有人在乎過我們的感受，可是其實陳子毅也是一樣吧，也沒有人站在他的角度替他想過。

我對他說：「我的生活滿無聊的吧，家人的話你知道的，有一個雙胞胎哥哥啊！」

他看起來在努力想著下一個問題，試圖不讓話題中斷。於是我接著說：「不過有一點比較特別的是，我們是跨天生的雙胞胎哦，我是三月十七生，他是三月十六。」

「爲什麼會這樣啊？太酷了吧！」

「因爲剛好跨到凌晨出生啊！」

「是哦……。」他說著：「感覺你這樣幸福，我從小是獨生，沒有兄弟姊妹可以作伴，爸媽又都忙於工作。」

「不過我也不會跟我哥哥說話啊！幾乎完全不會，就像之前跟你說的，我跟他是『不同世界』的人，你跟他上過同個美語班應該知道吧。」

他點了點頭。

「你從小就在天母長大的嗎？」

我點了點頭。

「你爸媽都是台北人嗎？」他問著瑣碎的問題。

「應該算是吧。」我想了想，父親是土生土長的天母人，不過因爲母親是新莊人，在以前是台北縣，現在則變成了新北市，這幾年雖然因捷運發達，雙北已經變成大台北生活圈，不過反而因爲這樣，感受到外縣市的市民正不斷侵入的台北人，開始嚴格地劃分其他人是來自台北市或是新北市。

「我爸媽都是中南部搬上來的，只是剛好有認識的人要賣房子，才有辦法住在天母這麼好的社區。」

我一方面開心著他會開口跟我分享他的私事，但一方面卻不知道怎回應這些跟我無關緊要的事情。「那感覺很好，你過年會回中南部吧。」

「這樣很好嗎？」他笑了笑。「很塞車哦！」

「我覺得很好啊！能夠有機會逃離這個彷彿困住我們的城市，就算是短暫的逃離，心情一定也能擁有很大的轉變吧！」我突然想起小時候回祖父母家的我，總是躲在哥哥身後快哭出來的樣子，因爲很怕生，我似乎也一向沒有得到祖父母與衆多親戚的喜愛吧，過節時大家的焦點都放在活潑的哥哥身上。

「據我所知連爺爺跟奶奶都是從小在台北長大的，所以我家應該從曾祖父母那代就是台北人了，因此完全沒有所謂的老家可以回，爺爺奶奶也就住在中山北路七段的天母圓環附近而已，走路就可以到了。所以我覺得像你一樣能有『可以回去』的地方，是一件很好的事情。」

「你們家是超級老台北人欸！」他露出了驚訝的表情。「我爸媽都是從中南部上來的，所以總是非常努力地在打拼，爲了讓我們家過上還算不錯的生活，他們總是很忙碌，忙到都沒有時間可以陪我了。」

「我媽媽雖然不用工作，是家庭主婦，大部分時間也都在家裡，不過她總是很容易擔心，長大後我也就不太跟她說我的事情了。」

「那你爸呢？」他問了我。

「至從我有記憶以來，我就知道，我爸爸不喜歡我。」

他停頓了，或許是因爲不知道該說什麼。

「爸爸對我的討厭，源自於他對媽媽的愛。」我淡淡地說著，把這些我不曾跟任何人說過的家事告訴他：「我媽生我的時候難產，哥哥已經出來了，我卻一直出不來，我爸從那時候就確定了讓媽遊走死亡邊緣的就是我。我出生後，又體弱多病，媽媽必須花很多的時間爲我擔心跟照顧我，我爸大概是捨不得看到我媽日漸憔悴的模樣吧。」

他沒有回話，就這樣靜靜地聽。

「隨著年紀越大，我爸似乎對我更不滿意了。我運動不行、才藝不行、功課也不行，而偏偏這些我哥都行！我爸是台大畢業的，對我們兩兄弟的成績一直都很要求。而考完會考後，我哥進入成功高中，而我則考到了這裡。」

「我好像開了不對的話題。」陳子毅對著我說。

「沒事啦！你幹嘛，我自己願意說的。」

「但其實我滿開心的哦！」他抬起頭來看著天空。「這些話你應該不會隨便就對別人說吧，這表示，我對你而言，不算是『別人』囉？」

我把他當成什麼人了呢？雖然知道自己跟他不可能，但還是無法克制的喜歡上了他。明明大腦是由我自己控制的，但是面對喜歡這種事情，就是怎麼樣也控制不了。明知道不能再更深入了，卻還是忍不住往裡面窺探，好像只要不斷這麼做，總有一天也許能看到一絲絲希望也說不定。

我沒有回答他，我只是笑了笑。

「你不要總是這麼緊張，至少在我身邊。」陳子毅突然輕輕地把我抱住，這樣的舉動讓我措手不及。「至少在我身邊，我不希望你感到不安。」

不知所措的我聞著他身上散發出的香味。

太卑鄙了，我的思緒總是被他看穿，彷彿我們兩個之間的一切都是他在主宰的，總是對我那麼溫柔、讓我陷入；總是丟球給我，但到現在他卻不會對我說過他喜歡我。

「我好抱嗎？」我用一點都不自然的方式問他。因為這原本就不是我會說的話，我想我傳遞的情緒裡混有賭氣的訊息吧。

「好抱。」他說完之後抱的更緊了。

「但是你沒有辦法這樣一直抱下去。」

「但就算如此，我也不想放棄何能夠擁抱你的機會。」

我們兩人坐在長椅上，夕陽把我和他的影子拉的很長很長。

我已經完全的陷入了，即使再小心翼翼、即使最後一定會悲劇收場，我還是陷入了。

十一月份，連天氣總是很好的士林，天空都開始陰鬱了起來。

那天我一如往常地在放學去了圖書館，在窗邊的位子坐下來後，開始看明天要小考的內容。

我很喜歡坐在窗邊，因爲只要讀不下去時，隨時都可以看到窗外的世界正在發生什麼事，那樣比盯著死氣沉沉地自修室裡面看還有趣。

那天讀到開始不能集中精神的我，站起來想稍微休息一下，我朝窗外看出去，天色已經全黑了，我往一樓的馬路上看，在路燈的光源下，看到了那個上班族，雖然看不清楚，我很確定那就是他，因爲他站在一台Toyota的旁邊，我認得那部車，在幾天前我因爲他的一句關心，而讓這段時間累積的委屈一口氣滿出來的時候，他曾帶我到他的車上，我們在那聊了許多，因此我確定他就是那個年輕上班族。

有個女生迎面朝他走來，他打開後車廂，拿出一個大行李箱給那個女生，看起來就像是非法交易現場。

那個女生個子很嬌小，看起來應該二十七、八歲吧，她接過行李箱後親親地吻了那個年輕上班族。

女朋友嗎？我在心裡猜想著，應該不可能是妻子吧。

不久後年輕上班族就出現在自修室裡面，我當然沒有告訴他剛剛所看到的一切。我回想著到他車上跟他說話的那天，他也散發出了跟陳子毅一樣的感覺，那種不斷對我示好的感覺，到底是什麼？

那天在他的車上，他猜到了我喜歡陳子毅。但或許是他只是一個陌生人，我反而覺得讓他知道什麼都無所謂，因此就沒有否認。

但我現在才回想起來，他那大還對我說出了「以後不管發生什麼，只要你願意，我都能傾聽。」這樣曖昧的話，如果他也有女朋友了，那他到底又是抱持著什麼心態說出這樣的話？

我感到混亂。

唯一可以放鬆的圖書館，此刻似乎開始在瓦解了。

那天在夕陽下的那十秒鐘，它對我而言的重要程度並不會因此而減少，我自今都認爲是改變我很重要的一部分。我對他也從來沒有特別的意思，只是他如果有穩定交往的對象，爲什麼還可以對我這麼溫柔，這樣讓我感到罪惡。

我從來沒有想過要介入任何人，不管是一段感情、還是一個團體，我明明從來都沒有要刻意去介入啊。

那天晚上，我帶著這樣複雜的情緒做了一個夢，夢中那個年輕上班族、陳子毅還有哥哥三個人同時出現。

爲什麼他們會同時出現，夢中的他們又都在做著什麼？關於夢境的內容我忘得一乾二淨了，只記得這些存在過的人物。

睜開雙眼後，又是新的一天。

我穿上制服走在天母的街道上，感受著難得的水氣浸濕我的皮膚表面，現在早上出門時已經要加上一件毛衣了，這樣的日子更容易讓人感到無力。

但是我卻很喜歡冬日帶有冷意的清晨，只要可以不用去學校，我可以獨自在天母的街道上散步一整個早上，不過當然是在沒有下雨的情況下。

從天母東路出發，看著忠誠路的行道樹落葉紛飛，走過天母棒球場，看到尚未開始營業的大葉高島屋，似乎讓街景看起來更加冷清。鳥類動物在光禿禿的枝頭上發出清脆的聲響，將空氣中的寒冷劃開。

家庭主婦穿著難看的羽絨外套在街上走路，大概是要去士東市場吧。能夠住在天母的人，我想家裡應該都有一定的經濟水準，這些人年輕的時候應該也很善於打扮吧，不過一旦變成了媽媽，就會變成隨便穿一件羽絨外套就可以出門了這種模式。

上班族穿著切斯特大衣，用圍巾和口罩把脖子和口鼻都包住，踩著皮鞋在人行道上發出了摳摳的聲響，他們低著頭大步向前，不會和其他人有眼神交流，也不一邊看手機，就只是朝著某個目標不斷向前。

街道上只有偶爾成群的天母國中和蘭雅國中的學生會有一些談話聲，不過聽不太清楚他們的談話內容，那些語句說出口後就被空氣彈開，然後溶解在冷風中。

好想就這樣一直在天母的街道兜圈，就像一直以來的我一樣，總是在原地踏步，無法向前。

好想請假。腦中這樣的思緒又在作祟。

在校園裡「上級」開始紛紛在制服外面加上了自己的外套，不過在進出校門時還是必須在最外面穿上體育服外套，我們沒有所謂的制服外套，聽說以前曾經有，是一點也不修身的呆版西裝外套。

大部分的人選擇在運動服外套內穿上自己的帽T或連帽外套，再把自己的帽子露在體育服外套的外面。不過我個人卻覺得只有體育課才適合這樣穿，制服褲配上體育服外套眞的有夠難看的，因爲我們的體育服跟制服完全採不同色系，如果像有的學校體育服跟制服採同色系，那混搭當然就另當別論。不過以我們學校來說，制服還是搭配毛衣最合適了。

即使天氣越來越冷，「上級」在教室裡卻依然總是充滿活力的喧鬧著。

伴隨著寒流而來的水氣，帶來了降雨。天母跟士林也都降下了不小的雨，已經撐了傘的我，還是被弄的一身濕。

放學後我踩著被雨水弄濕的皮鞋走出校門，襪子不斷吸收踏下每一步時，從皮鞋鞋墊溢出的雨水，這種會發出噗滋聲響的感覺很噁心，但卻讓我踏下每一步時的感受更加扎實。

總是在原地踏步的感受也變得更加明顯。或許是因爲這樣，步伐才顯得更加沉重吧！

不過第二次段考已經快到了，因此卽使雙腳以及褲管都被浸濕了，我還是選擇去圖書館。

一邊讀書，腳趾一邊彆扭的在皮鞋中活動著。一想到等一下回到家中脫下皮鞋跟襪子時可能發出的氣味，我就覺得煩躁。如果台北的冬天能夠不要那麼常下雨就好了。不過台北已經算是不錯的了，我在心裡想著，基隆好像一年四季都被雨水給籠罩著吧。

我看著窗外的雨水彼此匯集，然後向著更低處流去。

雨水敲打窗外雨遮的聲響傳入了正在背誦著明天要考的國文默寫的我的腦海中。

「淅淋淋細雨打芭蕉。」關漢卿的大德歌中這麼寫道。

雖然圖書館的外面沒有種植芭蕉，但是看著雨水敲打著窗外植物時，我想那種意境，是很雷同的。

而此刻我的心情，跟關漢卿寫下那首曲時的心境大概也很相似吧。

閉館後我準備走出圖書館，卻在下樓時被那個年輕上班族叫住。

他還不知道那天那一幕被我看到了吧。如果他真的對我有那種感覺的話，是不是應該要保持距離才好呢？但萬一這一切都只是我自作多情呢？

我當然不會知道他是怎麼想的。

「嘿！你……還好嗎？」他一邊下樓一邊問了我。

我困惑地看著他，爲什麼會覺得我不好？

「你走路的樣子，怪怪的。」

「哦！」原來是在說這件事情啊！我恍然大悟對著他說：「今天下的雨，把我的皮鞋跟襪子都弄濕了，現在走起路來都會『噗滋噗滋』的，感覺很噁心。」

「哈哈，原來是這樣。」他笑著說：「還以爲你又被欺負了。」

「什麼嘛……。」

跟他談話時，還是會感到輕鬆跟安心，這點並不會在知道他有女朋友後而改變，我想這是屬於他的個人特質吧！在任何的情況下都不會被輕易改變的特質。

「啊！對了！你等我一下。」走到一樓後，他像是想到什麼一樣對著我說：「你待在這邊等我一下哦！」

說完，他撐起傘跑了出去。我待在圖書館一樓的入口，有塊突出的遮雨處等他回來。

看到他跑回來，手上提著一袋東西，我問了他去幹嘛。

「幫你拿鞋子啊！還好我今天剛好上健身房。」他說：「所以車上有一雙運動鞋。」

「不……不用啦。」他的意思是要我換上他的鞋子嗎？「我穿這樣回去就可以了。」我趕緊接著說道。

「這樣會很不舒服吧。」他邊說邊脫掉了自己腳上的皮鞋和襪子。「原本打算就讓你穿我的運動鞋的，但後來想說那鞋子和襪子都是穿去運動的，怕會有點味道，還是不要給你穿好了。」

「真的沒關係啦。」我拒絕了他，我跟他只是沒說過幾次話的陌生人而已不是嗎？他到底是為了什麼，需要為我做到這種程度呢？

「而且這樣你要穿著西裝褲配運動鞋也太奇怪了吧。」我自以為找到一個還算不錯的理由拒絕他。

「我等等是開車回家啊！不會被看到的，你快點坐下吧。」他沒有破綻地回答我，然後推著我到門口比較不濕的台階上坐了下來。

我坐下後他接著問我：「怕你會不想穿我的襪子，你要直接穿鞋子嗎，還是要穿襪子？」

所以我是非換不可了。我想了想，我的腳還濕濕的，直接穿進去對他也不好意思吧，所以還是借穿一下他的襪子好了。

我剛跟他說完，他竟然準備幫我套上了他的黑色長襪，我下意識地抓住了他的手說：「我自己來就可以了。」

「你坐好就可以了。」他一邊對著我說，一邊幫我套上了他的黑色長襪。

他對我的好，開始讓我感到了負擔。

他幫我穿上他的皮鞋，那是三陽山長的黑色皮鞋，鞋頭設計是無雕花的裙式分線款，踩上去很軟、鞋舌的部分還有軟墊所以也不會磨腳。不管是皮鞋還是襪子，都還留著他的餘溫，我的腳趾在對我來說過大的皮鞋裡面，自在的活動著。

感受到他的餘溫的同時，我卻勃起了。

爲什麼呢？爲什麼會這樣？

我心跳得很快、全身在顫抖著，我擔心著被正低著頭幫我綁鞋帶的他發現。爲什麼只是穿進了他的皮鞋，只是感受到他的溫度而已，爲什麼我的下體會快速的充血，然後起了生理反應。

在他幫我綁完鞋帶後，我結結巴巴地對他說：「謝……謝謝你。」

「好像太大雙了，你太矮了。」

「你……應該也沒有高我多少吧。」我故作自然回嘴的同時，他再次幫我把鞋帶重新再綁緊一點。

「你有其他雙皮鞋吧？我記得我看你穿過。」雖然我記得之前有看過他穿其他雙皮鞋，不過爲了不要造成他的困擾，我還是再次跟他確認一下。「不會害你明天上班沒得穿吧？」

「嗯！不急，有在圖書館遇到再還我就可以了。」

「那等襪子洗好了，我再一起還給你！眞的很謝謝你。」不知道怎麼表達謝意的我，只能對他輕輕地鞠了躬。

他沒有回覆我，而是突然問了我：「你覺得別人看到我們，會覺得我們是什麼關係？」

我腦中又浮現那天跟他拿了大行李箱然後吻了他的那名女性。

「你希望別人覺得我們是什麼關係？」我笑著對他說，但連我都知道這個笑容很敷衍。我實在不知道他透過這樣的問題想獲得什麼。

「我載你回去吧。」他笑了笑，沒有回答我的問題，彷彿剛剛話題根本沒有存在過就這樣消失了。

「不用了。」我對他說：「我自己搭公車回去就可以了。」

「沒差啦！」

「可是……你都把鞋子給我穿了，這樣還要你載，我會很不好意思。」我一直都不擅長拒絕別人，我把頭低下去，卽使這麼做也不能解決任何問題，我卻很習慣這樣做。

「這是兩件事情吧！而且如果你又自己搭車回去，等一下不就又把鞋子弄濕了嗎？還是讓我載吧！」

看來是沒有辦法拒絕了，我苦笑著對他說：「你是在擔心我淋濕還是擔心你的皮鞋啊？」

跟著他走到停放那部Toyota的地方，我坐上了副駕駛座，他側過身來要幫我繫上安全帶。

「我自己來……就好了。」我根本還來不及說什麼，他已經幫我繫好了。

他對我的好，開始讓我感到了負擔、甚至是罪惡。這樣的想法不斷在腦海中揮之不去。

「你……對每個人都這麼好嗎？」我終於鼓起勇氣問了他這個問題。

他看著我，欲言又止的模樣，讓我確信我的直覺是正確的，他對我眞的有特別的意思。

不應該跟他上車的，我這麼想的同時，他吻了我。

他的唇就這樣貼在我的唇上。

這個吻破壞了我們之間的平衡，破壞了那天夕陽下那十秒的神聖。

我一直祈禱著，如果我的直覺眞的是正確的話，拜託他什麼都不要說、也不要做，將一切藏在心裡就好了。因爲只要我們之間有更多的什麼，就會破壞了一直以來的和諧，這一切就會開始面臨瓦解。

「你……幹嘛。」我把他推開，我的反應似乎有點大，但我一點也不認爲自己的反應不該這麼大。

「那個……對不起。」他像是回過神來，帶著不安的口吻對著我說。

我想他大概不知道吧，這個吻破壞了我們之間的平衡。而我也曾對他說過夕陽下那十秒對於我開始改變的重要性，而此刻他有辦法意識到嗎，那十秒的意義也被這個庸俗的吻破壞掉了。

「我……不想介入別人，不管是學校那些閃閃發亮的傢伙，還是你，我明明一直都沒有要介入別人的意思。」我開始語無倫次，但我還是努力的拼湊出我想要表達的意思。

不管是校園階級的團體、陳子毅跟王思喬、或是眼前的他和他的女朋友，我明明一個都沒有想要介入過。

「你有女朋友了吧？」我吸了一口氣後繼續對著他說：「那天我透過圖書館的窗戶看到的，有一個女生來找你拿行李箱吧？」

看到他整個人呆若木雞的樣子，我接著說：「不要騙我那是妹妹之類的，她離開前還親吻了你的額頭吧？如果你已經有女朋友了，你怎麼可以……怎麼可以讓我介入這段關係，怎麼可以對我這麼溫柔……。」

他沒有回話，我想此刻他心中應該也很焦慮吧！他應該完全沒有想到，那天那一幕會被我看了。

我下了車，我想著，之後我們兩個總會有一方，沒辦法再繼續去圖書館了吧。

我穿著尺寸過大的皮鞋在路上走著，想著爲什麼感受到鞋內皮革散發出他餘溫的自己，竟然會起生理反應呢？

我小心著不讓雨水濺濕他的皮鞋，一邊聽著這雙皮鞋的木根和地面接觸的聲響，一邊想著該怎麼把皮鞋跟襪子還給他呢？

也就是說之後一定還要選一天去圖書館還給他吧，因爲我沒有關於他的任何資訊，不知道他住在哪、不知道他的聯絡方式，甚至不知道他的姓名。

一想到之後還要見面，我的胃又開始痛了起來。

我們之間的關係特殊到我自己都沒有辦法解釋。

入冬後總是吹著會讓人發抖的冷風，總是把我的思緒吹得七上八下。入夜後飛蛾緊緊相依在一起，在路燈下取暖，一旁瑟瑟發抖的流浪狗無助地看著人來人往的大街，狗叫聲讓凝結的空氣變得不是太沉重，卻替冬日增添了一份淒涼。

這天晚上，我又做夢了。在夢中我和哥哥、陳子毅還有那個年輕上班族一起坐在同個桌上吃飯。雖然看不到他們的輪廓，但我很確定那就是他們三個人沒有錯。因爲看不到他們的表情，所以不知道他們帶著什麼樣的情緒，但我想那個當下的氣氛是平和的。

哥哥又出現了。

爲什麼我那麼希望得到哥哥的認同呢？

雖然我從來沒有去正視過這個問題，但我想對於哥哥，我想得到的就是被認同的感受吧。我依稀還記得幼稚園的時光，在所謂的「階級」還沒有侵入我的意識之前，我跟哥哥一起在客廳玩積木的情況，陽光和煦的灑入室內，那時候的時光是在這樣平和的情況下靜靜流逝的。

因爲那個夢，我重拾這些我以爲早就忘記的回憶，我們肩並肩坐在沙發上看電視，每當卡通裡的壞人出現時，我就會遮住眼睛，哥哥則會輕輕抱住我。明明我跟他同歲，但是我一直覺得哥哥好成熟、好成熟。哥哥可以保護我，那時候的我一直這麼認爲，因爲父親不喜歡我、母親太過柔弱，家裡面會保護我的人只有哥哥，我一直這麼認爲著。所以我努力地想要變成跟他一樣的人，總是跟在他身後跑，就算回爺爺奶奶家也總是躲在哥哥後面，但是我希望自己變得更勇敢，希望自己能被哥哥認同。

可是上了國小後我才發現，跟總是在原地踏步的我相比，哥哥成長的速度實在太快了，不管是成績還是運動方面都表現得很好，也結交到一大群的朋友，之後甚至主動說他要去上美語班，父親當然開心的同意了。

就這樣，我意識到自己永遠都追不到哥哥了，大概也永遠不可能得到他的認同了吧。

我跟哥哥的距離，開始變得越來越遠。

就像十二月的冷風把葉片吹落枝頭，然後越吹越遠。

日子來到十二月後，整個台北市的夜晚都被燈飾點亮了。

文具店的一樓入口擺著鹿角頭飾品、聖誕樹的裝飾品、聖誕帽、聖誕襪、包裝紙跟糖果，整個城市都享受著這種寒冷中的喜悅氛圍。

終於在某天放學到圖書館還完皮鞋的我，鬆了一口氣。也是那一天，我終於知道了他的姓名。

他叫陳冠宏。

那天還完鞋子後，我們說了很多話。我從他口中知道他喜歡男生，也知道他跟女朋友分手了。

雖然他不斷說著與我無關，我的心裡卻還是很過意不去。

好想找個機會當面跟那個大姊姊解釋清楚，不過我想大概不會有這樣的機會了吧，因爲我想我跟冠宏應該也不會再見面了。

整個台北被聖誕節的氛圍蘢罩著，十二月是充滿希望的月份吧。

穿著聖誕老人裝的公車司機、文具店裡的音樂、行道樹上的燈飾、Instagram上看到朋友在信義區林立的百貨間串起的燈泡下打卡、還有高島屋百貨外那顆醒目的聖誕樹。

十二月份的一切，都讓人難以忽略，這樣的日子彷彿就只是爲那些耀眼的人存在的，和我一點關係都沒有，但是我依然很喜歡聖誕節的氣氛。

平安夜在禮拜天，因爲當天無法見到同學，所以禮拜五的那天就充滿了聖誕節的濃厚氣氛。

禮拜五放學時，大家的心情顯得很放鬆，距離期末考還有一段時間，加上又有聖誕節這個正當名目，大部分的人成群結隊一起去尋找可以感受聖誕節氣氛又能打發時間的場所。

「小毅要一起去唱歌嗎？」

「那傢伙會和王思喬去約會吧！然後再把她給騙上床！」葉家恆大聲地嚷嚷著，完全沒有忌諱。

「你少囉嗦！」陳子毅K了葉家恆一記。「我們禮拜日平安夜那天才會一起出去啦！今天我會跟你們一起去唱歌啦！」
「欸！眞的嗎？那太好了！」
「你這個周末打算怎麼過？」小泉走過來問了我。我很慶幸他是懂得拿捏分寸的人，沒有問我要不要一起去唱歌。
「就……跟平常一樣，應該是回家吧。」雖然不是什麼丟臉的事情，但是面對他們浩浩蕩蕩的一群人，我不自覺把頭低了下來。
「是嗎，天氣很冷，回家的路上要小心哦！聖誕節快樂。」小泉笑著對我說。
「聖誕節快樂。」陳子毅跟著說道。
離開教室後，我決定哪裡也不去就直接回家，度過了一個跟平常一樣平凡的周末。
禮拜天是平安夜，母親在桌上擺了一個草莓蛋糕，對著我說：「今年只有媽媽跟梃愚一起過了平安夜了。」
看著餐桌中間擺的蛋糕，我心想不是一直都這樣子嗎？卽使在周末父親依然會因爲加班然後晚歸，哥哥會跟女朋友出去甚至外宿，因此只有我跟母親的聖誕節已經連續過了兩年啊。

母親的神情看起來很失落，記憶中的母親眞的很愛聖誕節，小時候她總是會在客廳擺出聖誕樹，讓我跟哥哥一起裝飾，然後用心地幫我們準備聖誕禮物，母親喜歡全家人在一起的那種感覺，但是絕大部分的時間，她都獨自一人待在這個空蕩蕩的家裡面。

吃完晚餐和蛋糕後，我回到房間休息時，手機卻突然響起來。

我看了一眼發現是陳子毅打來的，因爲他沒有我的號碼，因此是用Line打過來的，除非一些學校作業的事情，不然他幾乎沒有打電話給我過。

我任憑它響著，不打算接。照理說他現在應該和王思喬在一起吧。

鈴聲停止後，手機螢幕上跳出陳子毅的訊息。

「阿愚，你在家嗎？」

等過了大約三分鐘，我心想著不會眞的有什麼急事要找我吧？我拿起了手機回復他。「抱歉剛剛沒有接到電話，我在家，怎麼了？」

「我好想見你，現在。」

我有種不好的預感，他出了什麼事嗎？

「我現在感覺不太好。」

我從床上跳起來。

「你在哪？」我一邊打字問他，一邊穿上外套、襪子，然後準備出門。

「天母廣場。」

「你等我，馬上到。」

我也不知道自己怎麼了，但陳子毅說他難受，我就只想到他身邊陪著他。

「我要出去一下。」跟母親說完後，我焦躁地大步走著。

我在天母東路上，不斷朝著他所在的地方前進，這是有生以來第一次，有人說他需要我、有人在我的前方等我。我奮不顧身的，在沒有去在意周遭的任何事物的情況下，就這樣專注地朝著某個地方努力前進。

這是第一次，我能這樣大步的爲了某個目標邁出腳步。

就在我要跨過中山北路七段，到達對面的天母廣場時，急踩刹車後輪胎皮和路面摩擦的尖銳聲響刺入我的耳膜。

「碰！」一聲巨響後，我感到暈炫。

我倒地的同時，手機從口袋中彈出，跟著我一同掉落地面。

「碰！」

我看著碎裂的螢幕亮了起來。

「阿愚！你到哪了？」

「如果沒有出門，現在沒事了！」

「我剛剛跟王思喬吵架了，她把我一個人丟下，原本想找你傾訴的，但她又跑回來了，現在已經沒事了！」

「你已經出門的話不好意思誒！改天再請你吃飯。」

「Sorry啦！」

「聖誕快樂！」

我感受到痛，是身體跟地面撞擊的痛，還是有那樣的什麼正撕心裂肺般的將我絞碎的痛。

一第八章一

陳子毅

明明一直有人因此受到傷害，爲什麼在大人的世界裡，所有人都對這樣的事情不聞不問呢？爲什麼這樣的制度一直理直氣壯的存在於校園中呢？

但是如果不是認識他，以前的我一定也會對這樣的事情不聞不問吧！

我和韋梃愚到學校附近的美崙公園，兩人並肩坐在長椅上。

「我知道是吳柏彥那傢伙幹的，范姜告訴我的。」坐下來之後，我率先開口對他說。

「既然都知道了，爲什麼還要找我說話？」我不知道此時他透露出的情緒是不滿、還是不安。唯一感覺得出來的是，他散發出的情緒是負面的。

但是對話不能在這裡終止。

「因爲想要當面跟你道歉。」我對他說，但是卻沒有看著他的臉龐，或許是我不敢直視他吧。我把雙手交疊在一起，自然地垂到兩腿間，低下頭來，看著自己的影子從皮鞋下延伸出去。

「這不是你的問題。」他的態度感覺比以往更冷淡，但是那種冷淡不像是戒心、也不是他以往散發出的不安，相反的我覺得他變得更勇敢了，因爲他依然努力的做出了選擇。

選擇了跟我保持距離。

「而且我希望可以保護你。」我對他說，我沒有去詳細的計算說出這句話的後果，因爲我知道現在的我，唯一想做的就是保護眼前的這個人。

他沒有講話，像是在強忍著什麼一樣。他抿著嘴，而雙手緊緊抓住大腿上的西裝褲。

「我希望可以更了解你。」當我說出這句話時，他的嘴唇和大腿上緊握著的雙手突然鬆開了。感受到氣氛產生改變的我接著說：「我從來就沒有認眞的去了解過你，所以才會傷害到你吧？在保護你之前，我想要先嘗試著了解你。」

因爲不夠了解他，所以總是不知道該怎麼做、總是不知道他到底希望我給他什麼，所以我需要更了解他。

公園的路燈亮了起來。

我看著公園昏黃的燈光，把韋梃愚的臉龐照亮了一半，而另一半則是融入了黑暗之中。空中沒有閃耀的繁星，只有公園的磁磚道路上的小石子正閃閃散發著光芒。那是一點都不刺眼的光芒，久久盯著也不會感到不舒服。也許一開始時很難讓人不注意到，但是久了卻就又習慣了它的存在。

夜空中的卷雲身後，可以看到若隱若現的月光，月輝從薄薄的雲層中穿透了出來，我試圖著要去感受月光落到地面上的溫度，但是感受到的，卻只有那一陣陣的東北風。

「你想了解什麼？」他淡淡地問。

「什麼都好，關於你的任何事情都好，像是你家裡的事情、你小時候的生活之類的。」看到他似乎願意跟我聊聊有關自己的事情，我鬆了一口氣。我內心迫切地渴望能夠了解這個人，我慶幸著對話並沒有終止。

「我的生活滿無聊的吧，家人的話你知道的，有一個雙胞胎哥哥啊！」他平淡地說。

我想著接下來應該怎麼繼續問，才不會讓他覺得太過唐突或是問題涉及太多隱私。

「不過有一點比較特別的是，我們是跨天生的雙胞胎哦，我是三月十七生，他是三月十六。」似乎是發現了我不知道該怎麼接話，韋梃愚說道。

「爲什麼會這樣啊？太酷了吧！」

「因爲剛好跨到凌晨出生啊！」

「是哦……。」我對著他說：「感覺你這樣幸福，我從小是獨生，沒有兄弟姊妹可以作伴，爸媽又都忙於工作。」

「不過我也不會跟我哥哥說話啊！幾乎完全不會，就像之前跟你說的，我跟他是『不同世界』的人，你跟他上過同個美語班應該知道吧。」

沒錯，他哥哥跟他的確是完全不同類型的人。

「你從小就在天母長大的嗎？」我隨意地問了有關他家裡的事情，因爲眞正讓我在意的是，明明出身在相同的家庭，在同樣的環境成長，爲什麼他和他哥哥會變成兩種截然不同的極端呢？我想試著從他的家庭背景，一點一點地去瞭解他成長的過程。

他點了點頭，於是我接著問他：「你爸媽都是台北人嗎？」

「應該算是吧。」

「我爸媽都是中南部搬上來的，只是剛好有認識的人要賣房子，才有辦法住在天母這麼好的社區。」這是我第一次告訴別人這些關於我家的事情，在他面前總是會不知不覺地就放心說出很多事情。不過我想這一定也是韋梃愚第一次願意開口告訴別人有關他家的事情。

「那感覺很好，你過年會回中南部吧。」

「這樣很好嗎？」我笑著對他說：「很塞車哦！」

「我覺得很好啊！能夠有機會逃離這個彷彿困住我們的城市，就算是短暫的逃離，心情一定也能擁有很大的轉變吧。」
是城市把我們困住了嗎？我思考著他這句話是否代表著其他的涵義。
「據我所知連爺爺跟奶奶都是從小在台北長大的，所以我家應該從曾祖父母那代就是台北人了，因此完全沒有所謂的老家可以回，爺爺奶奶也就住在中山北路七段的天母圓環附近而已，走路就可以到了。所以我覺得像你一樣能有『可以回去』的地方，是一件很好的事情。」
「你們家是超級老台北人欸！」我驚訝的說，因為他是我第一個遇到那麼多代都生活在台北的人。
我想到了可悲的王思喬，總是以打扮得好不好看、對方是不是台北人這種空洞的基準去區分人們俗不俗、遜不遜的王思喬，如果聽到韋梃愚家從祖父母開始就住在天母了，不知道她會怎麼說。
不過八成又是會擺出不以為然的態度，然後酸言酸語的發表那些根本毫無邏輯的批評吧。
能有「可以回去」的地方，我覺得是一件很好的事情。
我思考著他所說的話，彷彿隱約都在暗示著他快撐不下去了、他已經無法向前了。可是他身邊沒有任何人意識到這點，包括當時的我也沒有意識到。

「我爸媽都是從中南部上來的，所以總是非常努力地在打拼，爲了讓我們家過上還算不錯的生活，他們總是很忙碌，忙到都沒有時間可以陪我了。」我對他說著。我想因爲父母總是不在家，或許也是讓孤單的我在學校更願意主動去認識其他人的原因吧。

其實我才是最寂寞的人也說不定，所以才總是往人群裡面竄。

「我媽媽雖然不用工作，是家庭主婦，大部分時間也都在家裡，不過她總是很容易擔心，長大後我也就不太跟她說我的事情了。」

「那你爸呢？」他問了我。

「自從我有記憶以來，我就知道，我爸爸不喜歡我。」

我停頓了，就是這塊嗎？我一直想要去觸碰的那塊，那些有關他成長的背景和記憶。

「爸爸對我的討厭，源自於他對媽媽的愛。我媽生我的時候難產，哥哥已經出來了，我卻一直出不來，我爸從那時候就確定了讓媽遊走死亡邊緣的就是我。我出生後，又體弱多病，媽媽必須花很多的時間爲我擔心跟照顧我，我爸大概是捨不得看到我媽日漸憔悴的模樣吧。」

我聽著，卻不知道該做出怎麼樣的反應。我感到驚訝、也很悲傷，看著眼前的他，我努力地想爲他做些什麼，卻什麼都不能做。

「隨著年紀越大，我爸似乎對我更不滿意了。我運動不行、才藝不行、功課也不行，而偏偏這些我哥都行！我爸是台大畢業的，對我們兩兄弟的成績一直都很要求。而考完會考後，我哥進入成功高中，而我則考到了這裡。」

他成長記憶的碎片，在我面前拼湊成一幅完整的模樣。我終於明白了，是什麼讓他總是散發出那種不安、那種脆弱的氣息。

我曾聽說過，童年缺乏父愛的人，更容易變成同志，而且會習慣性的依賴像是哥哥那樣的同輩分較年長的男性。他會不會也是因爲想要依賴一直都比較優秀的哥哥，卻發現自己一直跟不上他，所以他們兄弟的距離才變得越來越遠呢？

「我好像開了不對的話題。」我對著他說，希望他不會發現我眼中透露出不捨的情緒，因爲那樣他的自尊或許會受傷。

他不需要同情，而是需要關心。

「沒事啦！你幹嘛，我自己願意說的。」

「但其實我滿開心的哦！」爲了緩和氣氛，我對他說…「這些話你應該不會隨便就對別人說吧，這表示，我對你而言，不算是『別人』囉？」

他沒有回答我，只是笑了笑。

終於接觸到他內心深處的那塊，我的心情卻久久不能平復。他一直以來都在尋找能夠傾聽的對象，可是不管是在家裡面還是學校，他卻始終獨自一人。

我看著他的側臉，總是在他身上若隱若現的不安跟緊張，那是他唯一的發洩管道，只有這麼做他才能繼續向前走。因爲心中沉澱的所有情緒找不到出口，在身體這個容器中不斷累積，內心有那樣的什麼就要滿出來了。

我感受的到。

他內心快要滿出來的什麼，只能透過不安跟緊張的方式散發出來，讓他一點一滴釋放掉，這是長年沒有對象能夠讓他排解心中的陰鬱，他的身體自主衍生出來的一套平衡模式吧！

之前范姜跟我說的，韋梃愚給人一種很努力在生活的感覺，或許也包含了這個模式在內也說不定。

「你不要總是這麼緊張，至少在我身邊。」我輕輕地抱住了他，希望能夠讓他從那樣的模式之中釋放開來。「至少在我身邊，我不希望你感到不安。」

他身上的香味，跟那天他借我穿的那件衣服一樣。

那天也是我擅自猜測他的心意，利用這點跟他上床，他會挨打也是因爲我，因爲都是我，所以我希望他就算在學校、在家裡會感到不安，但是在我身邊不要，我自私的希望，他在這個世界上最少能有一個可以完全放鬆的角落。

「我好抱嗎？」他說出了完全不像是他會說的話。

「好抱。」我一邊說著一邊把他抱得更緊。

「但是你沒有辦法這樣一直抱下去。」聽他說完，我的心緊緊地被什麼給揪住了，胸口快要喘不過氣來。

「但就算如此，我也不想放棄何能夠擁抱你的機會。」我習慣性地僞裝著，明明是自己不敢面對，卻還厚著臉皮幫自己找了一個自以爲天衣無縫的藉口。

我眞可悲。

因爲從來不敢認眞的去面對自己的想法，我總是自己認爲，自己已經做的夠多了，自己已經夠明顯了，韋梃愚應該可以感受到吧？就一直抱著這樣的心態跟他相處著，所以我才會一直到最後，都沒有對他說過那句話。

我喜歡你。

韋梃愚，我喜歡你。

我和韋梃愚在學校幾乎都沒有交集，察覺到他的想法後，我盡量跟他保持距離，這是我唯一想到可以保護他的方式。分組我們四個人還是會同一組，但其餘的時間他大多都是獨自一人，他總是坐在座位上發呆，有時候看著窗外，有時候盯著日光燈管，然後打鐘後就又把課本拿出來，這樣不斷重複著。

偶爾下課時間，范姜會去找他搭話，那大概是他在學校裡少數可以說話的機會。看著這樣的他，我也總是在想，當初我跟范姜把他拉過來的決定，是不是做錯了？如果不是我們擅自把他加進我們的團體，他或許也不會挨打；如果不是我們把他拉過來，他或許會擁有其他「下層」的朋友，至少下課時間會有可以說話的對象，而不會總是獨自坐在座位上發呆。

雖然說在學校幾乎沒有互動，但我們卻很頻繁的用Instagram聊天，我也是偶然在我的粉絲名單中看到韋梃愚才恍然大悟，原來還有這個方法啊！

那天我偶然在粉絲名單中看到一個ID爲「ting_wii_0317」的人，這個人好像追蹤我有一段時間了吧，他的頭貼是藍色的大海、沒有自我介紹、帳號是鎖起來的，不過顯示的貼文數目是零，一開始我以為這是假帳號。

我就連有的班上的「下層」來追蹤我，我都不會回追他們了，何況是這種假帳號，因此我當然沒有回追這個名為「ting_wii_0317」的人。不過後來我發現我的貼文這個帳號幾乎都會按讚，我才開始覺得應該不是假帳號吧。

那時候因為還沒有限時動態的功能，所以發文發的很頻繁，也就常常跳出他按讚的通知，它像是在暗示我一樣不斷地出現在手機螢幕，我卻一直沒有去注意到那就是他。我甚至曾經以為，這個帳號大概是班上哪一個我叫不出名子的「下層」吧。

我一直到他告訴我他跟哥哥是跨日生的雙胞胎兄弟，一個三月十六生、一個三月十七這件事情時，我才意識到那個帳號是他。

我在意著那些對於生活根本無關緊要的追蹤人數和粉絲數，如果不是認識了韋梃愚，我根本也不會去在意那些追蹤我的「下層」帳號，明明是同個班上的同學，為什麼一直以來的我，都可以表現得那麼事不關己呢？

在意著自己的追蹤人數不能比自己的粉絲數多，在意著小葉、吳柏彥或是范姜他們的粉絲數有多少，只要看到自己的粉絲數比他們多就能夠感到安心。甚至還會去下載粉絲分析器來看看有誰退追自己，這到底是什麼心態？我不禁替自己感到悲哀。

我帶著這樣的情緒，對韋梃愚送出追蹤請求，這是我第一次主動追蹤這些我之前從來不會去關心的人。

我刻意避開了「下層」的說法，因爲我不想再用這樣的方式稱呼他了。

在他同意我的追蹤後，Instagram的聊天室成爲我們最隱密的聊天場所。它如同祕密基地般的存在，在這裡不用擔心被誰看到、不用擔心他會受到傷害，我們可以無所顧慮的在這裡分享自己想要給對方知道的事情。

是啊，原來還有這樣的方法，在這裡不會被其他人干擾、不會被學校裡那些煩人的傢伙介入，只有我跟他，我們能夠在這裡得知對方的更多事情，能夠漸漸了解彼此。就連他請假的時候，我都能傳訊息問他今天還好嗎。

爲什麼我從來沒有想過要主動搜尋他的Instagram呢？爲什麼我從來沒有想過要在Line的班級群組中找到他，然後把他加入好友呢？明明只要透過手機的一個按鍵，距離再遙遠的人都能馬上串連起來，爲什麼一直說想爲他做點什麼的我，卻從來沒有意識到這個辦法？這個明明就在眼前而已的辦法。
一直以來，我到底都在注視著哪裡呢？
我看著手機螢幕上反射出的自己，我對自己感到一定程度的失望。唯一能夠彌補的辦法，就是守護著這個屬於我們的祕密基地。

十一月最重要的事情大概就是校慶了吧，校慶當天大約下午兩、三點就可以回家了，於是在小葉的提議下，我們一起去了信義區。沒想到卻下起了大雨。因爲士林的天氣總是很好，我們從來沒有想到會有下雨的可能，不過東台北似乎一直都是這麼容易降雨吧。
今年的校慶也一樣平凡，校慶原本就是「上級」展現自我的舞台，也會有許多就讀不同高中的國中和國小的同學來參加，也不知道是不是看到許多以前同學的緣故、又或是在信義區的高樓大廈中遇到那場雨的緣故，在這平凡的一天，那件往事又在腦中浮現。
因爲下大雨，我們一群人提早解散，我則獨自搭捷運回去天母。從信義區要回天母的話，走去101站搭捷運紅線就可以不用轉車，只要一路搭到芝山站，然後再換公車就可以了。

捷運在過台北車站之後，絕大部分的人下車了，卻又換上更大批的一群人上車，擠得水洩不通的車廂中，我倚靠在右側的車門上，因爲淡水信義線的列車要一直到北投站才會是右側開門，在這之前的車站全都是島式月台，因此全都是左側開門。

過了民權西路站後，軌道會由地下轉爲高架，可以看到遠處的圓山飯店和花博公園，我透過車門上的車窗，看到窗外正下著雨。

看來不只東台北啊！整個城市都被浸在雨水之中了。進入十一月後的天氣，總是陰陰的，一旦開始下起雨了，就不知道要到什麼時候才會停了。

捷運車廂外雷聲響起，彷彿又回到了多年前下著大雨的那天。美語班的下課時間，雨傘被破壞獨自站在門口無法離開的吳柏彥，這一切突然又在我的腦海中不斷浮現出來。

被孤立的吳柏彥，他的雨傘大概是被韋梓愚給破壞的，因爲他們同時對一個女生有好感，僅僅六年級的年紀，爲了那什麼屁都不是的愛，他們兩個因此反目成仇了。

那天，美語班外面的騎樓，沒有雨傘用的阿彥，獨自站在門口看著傾盆大雨，等著有沒有人願意跟他撐同一把傘。看著他獨自一人，一直以來都沒有勇氣的我、一直以來都順著世俗的眼光而活的我，選擇了跟韋梓愚一行人離開，我回頭看到吳柏彥獨自站在那的模樣，那個表情，我這輩子都不會忘記。

「你，遇到了沒辦法解決的事情時，就又要把我丟下然後離開是嗎？就像那次一樣。」他的聲音又在我的耳邊響起。

不過國小的「階級」還沒有很明確的確立，加上這件事情又是發生在學校外面的地方，因此對於吳柏彥升上國中後，建立起自己的「勢力」並沒有太大的負面影響。就算班上有幾個人會跟他同美語班，一旦看到阿彥他已經是名副其實的「上級」了，誰也不會去提起那些事了。

看著從捷運窗外消失的風景，那股熟悉的煩悶感又出現了。

不管是過去的記憶、還是吳柏彥那傢伙動手打了韋梃愚的事情、又或是所謂的「階級」，所有的一切都讓我莫名的煩躁，縱使捷運開得再快，車輪和軌道摩擦的聲音再強烈，這些煩悶的感受卻甩也甩不掉。

就像被冬日裡沉重的冷空氣壓住了一樣，無法擺脫。

入冬以後的天氣，總是伴隨著會讓人打哆嗦的陣陣東北風。

如果是搭板南線或是松山新店線那種地下的捷運的話，常常才走到捷運站的出口而已，就被從地面上經由出口處灌入車站內的冷風逼得讓人不想步出捷運站。

葉子都掉光的枝頭變得好空，叫不出品種名的鳥卻依然在空蕩蕩的枝頭上吱吱喳喳的。

踩踏著放學鐘聲的節奏走出教室外，陣陣微風透過我加上的便服帽T和制服襯衫灌進我的體內，因爲厚重的衣物而暖和起來的身體瞬間被冷風打敗。

「好冷啊！」小葉大聲喊著。

「吵死了你。」我笑著對他說。

「你能把我緊緊抱住嗎？」小葉笑著用熟悉的方式搭起我的肩膀。

「滾開啦！你少噁心了。」

很沉重，不管是小葉的手，還是背在身上的書包。

爲什麼韋梃愚不在這裡呢？我出現了這樣的想法。

「好無聊啊！校慶結束之後，就要一直等到聖誕節才會有好玩的事情發生了吧！」小葉喊著。

「這中間還有第二次段考喔。」

我們就這樣拖著沉重的步伐過著日子，這樣每天嘻嘻哈哈地過著日子，學生的工作彷彿只有享受青春，未來什麼的都離我們太過遙遠了。

很快的街上就充滿著聖誕節的氣氛，今年的平安夜在禮拜日，聖誕節則在禮拜一，也因為平安夜那天是周末，大家見不到面，因此從禮拜五放學時間，大家就紛紛討論著等等要去哪打發時間，一起去感受聖誕節的氛圍。

禮拜五晚上，我跟小葉還有范姜他們一起去唱歌，而平安夜那晚，我則跟王思喬在高島屋的餐廳一起吃聖誕晚餐，我一邊想著今天父母也一起出去吃飯了不在家，一邊在腦中計算著保險套的數量。吃飽飯後，我就把王思喬帶回我的床上了。

老實說，現在的我跟她做那件事情，已經完全不會有任何感覺了。我依然會勃起、依然會感覺到爽、依然會射精，但是在做的過程中，我再也找不到名為「愛」的事物，或許那樣的東西從來就沒有存在於我們兩個之間吧。

對於她，我只能夠當作發洩慾望的對象，身為男性，看到她時依然會有想要上她的本能反應，可是那僅僅是發洩，那跟我對於韋梃愚的渴望是完全不同等級的。雖然這麼形容一個女生，只把她當作發洩性慾的對象，對她來說或許很不公平，但反正王思喬從來也不是一個自愛的女生，我總是這麼說服自己。

那天做完之後，她趴在我的胸膛上，用手指在我的乳頭附近劃著圈圈。那樣的觸感依然會刺激著我，我又親了她一下。

「怎麼樣，你還想再來一次哦？」她用魅惑的雙眼看著我說。

「保險套還夠哦。」

「我怕你沒力氣了。」她輕輕笑著說。她總是那麼擅長激起男性的鬥志。

「那麼小看我？」說完，我就又撲了上去。

我看著眼前這個女人，她大概背著我跟高三體育班的學長上過床了吧！

范姜曾跟我說過，最近棒球隊練習結束後，王思喬很頻繁的會來找一個高三的體育班學長，兩人會一起離開練習場，雖然沒有勾手或牽手，但明知道那是范姜也會看到的場合，王思喬也不避嫌的頻繁出現，表示她也不在乎范姜告訴我這件情吧。

我們到底爲什麼要用這樣的方式維持這段關係呢？就連身爲當事人的我也找不到原因。

「我剛剛看到你手機螢幕亮起來哦！有人傳訊息給你。」今晚第二次的交融結束後，她對著我說。

「誰啊？」

「是那個傢伙吧。」王思喬拿起我的手機，秀出亮起的螢幕給我看。「螢幕顯示著『ting_wii_0317』，是那個叫梃愚的傢伙吧。」

我的腦中一片空白，我跟他唯一的祕密基地也要崩潰了嗎。我對自己的無能感到絕望，但同時又不得不佩服女生的直覺，韋梃愚追蹤了我那麼久我都沒有發現那是他，而王思喬只是看了一眼就猜到了。

「小毅，你眞的嚇到我了欸！」

「只是討論一些學校的事情而已。」我對她說。

「是嗎？我一直以爲你們之中負責跟他聯絡的是范姜孝泉。」王思喬輕輕地笑著對我說，我卻無法解讀這個笑容所代表的含意。

「是誰跟他聯絡有差嗎？」

「當然有！我不喜歡你跟他在一起！」王思喬的態度有點強硬，總是在我面前撒嬌的她，幾乎不曾用這麼強硬的方式對我說話。

我跟韋梃愚的互動，到底妨礙到誰了嗎？一股焦躁的情緒不斷在腦海來回穿梭著。

我甚至不敢開口問她說爲什麼不喜歡我跟韋梃愚在一起，因爲我害怕聽到她說出的答案。

王思喬的質問、被韋梓愚給孤立的年幼的吳柏彥、被吳柏彥拳打腳踢的韋梃愚、什麼都做不了的自己，所有的一切交雜在一起，讓我感到憎恨、感到厭煩。

好煩躁，我的頭腦就要爆炸了。

「那麼妳就可以跟高三的學長往來沒關係嗎？」我不以爲然的說，我自己也很驚訝，這是我第一次用這種方式跟王思喬說話。

「我跟那個學長才沒什麼！」工思喬大聲地對我吼道。

「我跟韋梃愚也沒有怎樣啊！」

「你應該不知道吧，那天李可兒她看到你們一起進去同一棟公寓裡面，那是那傢伙他家吧？」

「那又怎樣？」我感到非常不耐煩。

「什麼叫那又怎樣，你以前是不會跟那種人走在一起的，這樣的你變得很遜你知不知道？」王思喬的聲音刺穿我的耳膜。她正用我內心深處最在意的東西攻擊著我。

我不甘示弱的回擊著：「動手打人就是很高尚的行爲嗎？」

她愣住了，淚水在眼眶旁打轉。

「更正確地來說，是指使別人去動手打人。」我冷冷地看著她說：「在我看來這樣也遜爆了。」

我的最後一擊。

我發現我無法忍受她的存在了。我們兩個將在一起的這段時間內，我們所觀察到的、注意到的一切，對方內心最深處、最不能被碰觸到的一切，用這種激烈的形式在對方面前攤開。

我們將對方的弱點全部都化作利刃，用激進的言語相互攻擊著，連我自己都很訝異，一直以來發生什麼都能裝得很冷靜跟鎭定的我，今天竟然會這樣停不下來的，用惡意的言語和王思喬相向。

「你從來不會這樣對我說話的，從來不會！」王思喬淚眼汪汪的看著我，她的眼睛眞的很漂亮。

「你竟然爲了他這樣對我。」王思喬哭了出來。

好煩躁，我知道她已經沒有要就事論事的意思了，知道自己的立場根本站不住腳的她，現在不想討論這件事情了，而是要來檢討我身爲她的男朋友，不應該用這樣強硬的態度對待她，卽使眞的她做錯了什麼，身爲她的男朋友應該要安慰她、呵護她。

已經夠了。女生爲什麼總是這樣呢？其實我也覺得很累啊！爲什麼已經這麼累了，我還必須去呵護一個無理取鬧的人。

在王思喬哭著離開我家後，我一個人在街上漫無目的亂晃。大葉高島屋前的巨大聖誕樹所發出的光芒，讓我覺得很諷刺。

明明只需要跟以往一樣，吃個飯、上床然後送她回家，走個形式過完聖誕節就好了，爲什麼我卻把事情弄成這樣呢？

走到天母廣場後，我找個地方坐了下來，看著眼花撩亂的霓虹、快速消失在眼前的車尾燈，還有來來往往的行人。

我竟然不由自主地拿起手機打電話給韋梃愚，因爲不知道他的電話號碼，我只能用Line撥電話給他，不過他沒接。

「阿愚，你在家嗎？」我傳了這樣一則訊息給他。

不知道過了多久，手機螢幕亮了起來，上面顯示著他傳來的訊息。「抱歉剛剛沒有接到電話，我在家，怎麼了？」

「我好想見你，現在。」我直白的打著。現在的我只想見他，只想擁有在他身邊時才會出現的那股，讓人安心的感覺。「我現在感覺不太好。」我接著傳。

「你在哪？」他問我。

「天母廣場。」

「你等我，馬上到。」

就在傳完這則訊息後沒多久，我看到了王思喬站在我的眼前。

「連跑出來散心的地方都一樣，看來我們還是要繼續當情侶吧。」她恢復了以往的模樣，裝可愛對著我說。

我以爲她早就搭捷運回家了，沒想到她還在天母亂晃。

我想著，要趕快傳訊息給韋榳愚才行。

但其實我更想跟他過聖誕節吧？

雖然這麼想，但我還是連續傳了好幾則訊息，跟他說不用來找我了沒關係，不過他都沒有回復。

我又擔心被王思喬看到手機的內容，所以沒辦法一直盯著螢幕。

「原本想說氣消了就回你家找你，沒想到在這遇到你。」她在我身邊坐下來後對著我說：「你不會以為我已經回家了吧？我才不要在十七歲的平安夜，哭得醜醜的然後自己搭捷運回家勒！」

看到態度放軟的她，我笑了出來，然後對著她說：「剛剛我太衝了。」

「我覺得有些事我也要跟你說清楚。」

我們兩個果然還是需要彼此嗎？

為了在校園裡能夠閃閃發亮，卽使厭惡著對方，我們依然需要彼此。

我們眞是對可悲的情侶。

「會開始接近學長，是為了要讓你吃醋，之所以選擇棒球隊的學長，就是為了讓范姜看到，我想這樣他應該就會告訴你。」她把頭髮勾到耳後，粉紅色的口紅讓她的嘴唇更加粉嫩。

「為什麼要讓我吃醋？」

「因為你離我越來越遠啦！從你跟韋梃愚開始變好後。」這點並不是王思喬胡思亂想，自從跟韋梃愚關係越來越緊密後，我的確對「上級」、「光環」、還有王思喬那種價值觀感到無比厭煩。原來她也感受到了啊！

「我跟小毅你不一樣，我什麼都不會，我除了長的漂亮沒有其他優點，所以我只能在被別人否定之前大聲地先說出『別人很遜』之類的話。」這是我第一次看到王思喬那麼認真地說出自己的想法。「可是你不一樣啊！你很聰明而且還很善良，如果你接近韋榳愚那種人，你一定會被他改變，你會同情他們，然後開始厭惡像我這樣的壞女人，因爲你是那麼的善良。」

我不知道該說什麼，我在一旁靜靜地聽著她說。

「只要你接近他，你就會離我越來越遠。」她笑著，然後用比平常還要緩慢的速度對我說：「小毅，你一直都活在光裡吧！你一定不會知道，好多時候，其實我也總是戰戰兢兢的，因爲我所擁有的一切都太不切實際了。」

站在某個視角看來，原來她跟韋榳愚其實是一樣的嗎？怕跟不上哥哥的韋榳愚和害怕跟不上我的王思喬。

我第一次知道，眼前這個女生，原來也有她自己的想法與見解，不只是我看到的那麼膚淺，原來她一直以來，也都默默的承受那麼多事情。

我清楚的知道，自己根本不是她所說的那種人，我只是一個因爲害怕變成孤單一人，所以什麼事都不敢去做的人。

不過我沒有告訴她，而是輕輕地把她抱入懷中。

「都沒事了。」我們之間的疙瘩，在聖誕燈飾的照耀之下，就這樣化解了。

禮拜一是聖誕節，早自習是要交換禮物的時間，交換禮物的活動是那個熱血年輕班導提議的，不過在開始之前，班導卻宣布了一件事情。

有別於平常充滿精神的樣子，班導看起來有點嚴肅，因爲他宣布的並不是件好消息。

聽到的當下，我全身的力量瞬間被抽光。

我沒有辦法思考，因爲我比誰都清楚出事的原因。

韋梃愚出車禍了，而且是我造成的。當然沒有人知道，他在平安夜那天晚上是爲了什麼外出，而且爲什麼會那麼著急地在馬路上奔跑著，以至於沒有看到行駛過來的車輛，可是這些原因我全都一清二楚。

如果連重要的事物都不能夠緊緊握在手上，多閃亮都沒有用啊！帶著這樣裝模狀樣的想法，我垂頭喪氣地過了一天。

放學後，我到導師辦公室問了班導韋梃愚入住的是哪家醫院，老師很好心的告訴我，不過他也提醒了我，韋梃愚的家人並不一定會准許同學進去探病。

跟老師道謝過後，我走出辦公室，范姜叫住了我。

「一起去吧！」他對我說，不過除了范姜以外，他的身邊還站著江傑和小葉。讓我訝異的是小葉竟然會來。他說著：「我跟他也算是朋友了吧……雖然不知道他有沒有這麼想啦！但不去看我也過意不去。」

我感覺到了，這是我第一次深刻地感受到，「界線」正在瓦解。

前往醫院的路上，皮鞋踏在地面的每一步是那麼紮實、那麼沉重，但是我感覺到了源源不絕的力量支撐著我前進，朝著他在的地方前進。

自動門打開，即使再一周就快跨年了，醫院裡的空調還是像不用錢一樣的強力放送著。

我輕微的抖了一下。

走進他在的病房，密密麻麻的儀器和那些機器發出的聲響讓人不安。而在這裡我遇到那個人。

「你是……陳子毅？」

我點了點頭。

那是我完全沒有想到，會在這裡遇到的人。

「你跟我弟同班嗎？這太巧了吧，我們有多久沒見了？離開美語班後就沒見過了吧？」韋梓愚對著我說。

「眞的好久不見。」我有點不知所措。

「是啊！不過你沒什麼變，還是很有魅力的感覺。」他笑著說：「沒想到梃愚能跟你這樣的人成爲朋友，看來他也在努力著呢！」

他也還是那麼帥氣，而且他看起來，比我從韋梃愚口中認識的他，還要關心弟弟。

「他現在的狀況還好嗎？」范姜在一旁問著。

「嗯！沒什麼大礙，他沒有昏迷哦哈哈哈！不用擔心，他只是在睡覺，就讓他好好睡吧，他啊！已經太累了。」

韋梓愚說話的方式，還是很有趣，瞬間就讓病房的氣氛比較不那麼沉悶。

那天我們聊了很多，我也意外得知很多我單方面誤解的事情。發現我似乎有什麼事情想跟韋梓愚聊聊的范姜，找了個藉口就把小葉跟江傑帶出去了，病房裡只剩下沉睡的韋梃愚、我還有韋梓愚。

我們當然也聊到了當年的那件事情。

從韋梓愚口中，我才知道當初先試圖挑撥離間的人，其實是吳柏彥。

「你應該不知道吧，他想孤立的人其實是你，他第一個來找的人就是我，他要我故意不理你，五六年級的學生最了不起也只能想到這種爛招啊！」韋梓愚笑著說：「不過我對我弟在學校被孤立的狀況，大概也都略知一二，所以對階級劃分和排擠這一類的東西，我非常的不喜歡。」

同樣身爲夯哥的他，大聲地說出他不喜歡階級劃分。

我努力吸收著這些與我認知完全相反的資訊，腦中時不時傳來韋梃愚床邊那些儀器的聲響。

「也是因爲這樣，我才想說讓那個傢伙被大家孤立算了，結果我也沒想到自己那麼有影響力，一不小心就做得太過火了哈哈哈！」

一口氣聽到這麼多事情，讓我太過震驚。「可是……爲什麼是我？」我問了韋梓愚。

「因爲那個女生喜歡的是你啊！」他笑著說：「就是吳柏彥喜歡的那個女生

啦，我記得是跟你一樣讀芝山國小的吧！」

「但是你不是也喜歡她嗎？」

「才不是勒！那只是演給吳柏彥看的啦哈哈哈。」他笑著說：「這樣我才找得到名正言順的理由啊！」

也就是說我曾被他保護過吧。

因爲曾被韋梓愚保護過，我才會這樣不自覺的被韋梃愚吸引，然後想要保護他。心裡有一股源源不絕的暖流不斷蔓延開來。

「不過我突然想到吳柏彥那傢伙，竟然還對我說過，那時候我在美語班拋棄了他這種話欸！這算什麼啊！」我忿忿不平的抱怨道。

不過他好像也曾說過，我們扯平了這種話吧。

「哈哈哈！畢竟自己突然就被孤立了，可能他當下也確實很無助吧！那時候的他可能眞的很希望有人是站在他那邊的吧！」韋梓愚笑著說，一邊用手拍了拍我的肩膀，他的手掌落在我肩上時，一點也不沉重。

看著躺在病床的韋梃愚，我喃喃自語著：「還好我從沒站在那傢伙那邊過。」

在最後要離開前，我告訴韋梓愚是我把韋挺愚找出去的，所以才會害他出車禍的這件事情。

「這不是你的問題哦！是他自己願意出去的，沒有辦法怪任何人。」韋梓愚輕輕一笑，然後接著說：「而且我覺得最近的他，變得不像以前那麼懦弱了，或許是我要謝謝你吧！」

「謝謝我？」

「是啊！我想他一定是被你給吸引了，才會鼓起勇氣想去改變自己吧。」我沒想到，原來韋梓愚對韋梃愚的了解竟然那麼深，連他的變化也能夠觀察到。或許韋梓愚一直都很想拉近自己和弟弟的距離吧，只是覺得自己的腳步已經跟不上哥哥的韋梃愚，一直在避免著不和跟自己「不同世界」的哥哥交集吧。

「你也不要小看自己的魅力跟影響力哦！」我笑著對他說：「我想，韋梃愚他非常依賴你這個哥哥哦！」

「是這樣嗎？」他笑著對我說。

最後我們交換了Instagram，他說在科技那麼方便的時代，老朋友不應該再失聯了。那天晚上，我的心情久久不能平復，但是這種感受跟以往所承受的那種煩悶，是截然不同的感受。

之後，韋梃愚平安的出院了，但是他只有撐完高二上學期，他就休學了。憂鬱症。

他因爲憂鬱症完全沒有辦法踏出家門，甚至沒辦法自理日常的任何事情，這些事情我是從韋梓愚口中知道的。

將他擊垮的是所謂的「階級」。

明明一直有人因此受到傷害，爲什麼在大人的世界裡，所有人都對這樣的事情不聞不問呢？爲什麼這樣的制度一直理直氣壯的存在於校園中呢？

但是如果不是認識他，以前的我一定也會對這樣的事情不聞不問吧！

我想他已經太辛苦了，活到現在的這段時間，他已經很努力了。就跟韋梓愚說的一樣，他眞的需要好好休息一段時間。

等到「階級」被打破的那天他也許就會回到校園了吧。

到我們都考完了學測，即將進入高中生涯的最後一學期，高三下的時候，韋梃愚才重返校園。他整整休息了一年，以比我們小一屆的身分，就讀高二。

高二下的畢業旅行，韋梃愚當然也沒參與到，而爲了湊齊四人房的人數，我們找了一個也算是「上級」，但沒有我們幾個高調的人加入我們，他大概也感覺得出來自己只是被我們找來湊人數的吧。
不過在我跟范姜心裡，我們都認爲那個位置是韋梃愚的。
到了畢業典禮那天，王思喬跟我提分手了，我們很和平的分手，因爲我們都知道進到不同大學的我們，再也不需要彼此了。
王思喬和李可兒還有一些「上級」的女生一起離開校園，我則和小葉還有范姜想著要去哪消磨時間，我們這一群人正式分道揚鑣，走向各自的未來。
畢業典禮結束後，高一和高二生是照常上課的，范姜提議去高二班把韋梃愚找出來，帶他去翹課。沒想到韋梃愚竟然答應了，雖然我本來就知道他常常翹課去圖書館，不過對於要跑出校園，我原本以爲他不會答應。
走出校門後，范姜問他想去哪裡，他皺了眉頭想了一下說：「我想看海。」
「那就去淡水吧！」小葉一如往常的嚷嚷著。
這是我們四個第一次，也是唯一一次一起出去玩。
坐捷運到淡水捷運站後，我們轉了公車到漁人碼頭，在公車上，我們四人並肩坐在最後一排，就像所有青春電影中演的那樣。
因爲路途有一點遙遠，韋梃愚在半路上睡著了，他的頭靠在我的肩膀上，那種感覺就跟韋梓愚的掌心落在我肩上時一樣溫暖。

我感受著他呼出的氣息，還有他身上那股讓人懷念的香味。拜託時間暫停吧！在這一刻永遠暫停，我不斷祈求著。不過這當然是不可能的，即使我再怎麼迫切的希望，一分鐘還是一分鐘，一秒鐘還是一秒鐘。

我們坐在海堤上吃著路邊買的小吃，吹著海風，看著來來去去的船隻還有落日，所有的人在夕陽之下都是閃閃發亮的。

看著大家洋溢著笑容的樣子，瞬間出現了我們永遠都會這麼年輕的錯覺。

海風吹起韋梃愚的頭髮，他瞇上雙眼，看著遠處。看著他的側臉，他露出了發自內心的微笑，復學之後他變得開朗許多，我注視著他上揚的嘴角，被海風吹拂而黏在臉上的髮絲，我知道，我還是一樣喜歡他。

也許有一種友誼不低於愛情，有一種結局總是難成眷屬吧！

我對於韋梃愚的感覺，大概就是這樣吧！

他對我而言，永遠會是那麼特別的存在，這段時光也永遠不會從腦中被抹去。

我會繼續喜歡他的，看著漁人碼頭的落日，我在內心再次確認了自己對他的情感。

在夕陽之後，我依然會繼續喜歡著他。
不過畢業後，我們就沒再見過面了，這也是我最後一次見到韋梃愚。

—第九章—

陳冠宏

直到最後我們都沒有交換彼此的聯絡方式，因爲對我們而言，這樣就已經很足夠了，我們已經從彼此身上交換到繼續向前的動力了。

在我衝動的吻了他之後，他頭也不回地跑了下車。

我一個人坐在空蕩蕩的車內，穿著運動鞋的雙腳焦躁的踢著腳下的踏板，手指敲打著方向盤上的縫線，腦海裡全是剛剛發生的一切。

我到底想透過這個吻，證明什麼？

我失控了，徹底失控了，就像失速的車子一樣，不計後果的橫衝直撞。

明明知道有婚約在前，明明一直告訴自己不能夠陷下去，但我卻還是一直朝著那個高中生的方向前進著。我就像一邊用力踩著油門踏板向前，一邊又拉起了手煞車，車輪和地面產生的巨大摩擦力，發出尖銳的聲響，就像我內心不斷在拉扯的那些什麼一樣，結局注定會兩敗俱傷吧。

我不會跟那個高中生有任何結果，同時還會傷到欣婷。

油門踏板和手煞車，注定要放掉一個啊！

回到家中以後，我拖著疲憊的身體走進房門，打開電燈後，我看到欣婷坐在床上，好像是在等我一樣。

「妳怎麼會在我家？」我有點困惑的問了她。

「有些事想跟你談一談。」我有一種不好的預感，所以果然是在等我嗎？

「妳不是回老家了嗎？」即使我心中覺得有點怪異，我還是盡可能裝出輕鬆的樣子問她：「怎麼回來了？」

「想說沒什麼事，就提早回來台北了。」

「不過我沒想到，妳回來台北會直接跑來我家。」我一邊脫下西裝外套掛進衣櫃裡一邊說著。

「剛剛的雨，下的還眞大。」面對著衣櫃的我，看不到她說這句話時的表情。

我的心跳漏了一拍。

「我今天搭高鐵到台北車站下車後，看到月台上的人都帶了傘，想說大概是下雨了吧。」她接著說：「因爲不想自己拖著行李箱從捷運站走回租屋處，所以我就搭了捷運去士林要找你，想說等你做完事情，再一起搭你的車回木柵。」

「爲什麼不先跟我說一下啊？」

「我想說你一定會在圖書館做事情的啊，所以想給你一個驚喜。」

我的心愈跳愈快，隨著脈搏，身體也不斷分泌出汗水。我知道欣婷她一定已經知道了。

我全身的肌肉彷彿都被凍住了，或許是因爲這樣讓重量增加了吧，我覺得好沉重。

「欣婷，那個……。」雖然開口叫了她，但我就連自己要說什麼都不知道。

「你爲什麼不直接告訴我？」她問了我。

我沒有說話。

「我一到圖書館門口，看到你正在幫他穿上你的皮鞋。」欣婷的眼角好像又出現了淚珠在打轉。

我很想說點什麼，但是我卻吐不出任何一個字，又只能像以往一樣了嗎？裝作若無其事的逃避著。

「我看到你幫他穿上鞋子時的眼神，那種溫柔的眼神，那是你從來都沒有對我露出的眼神。當我看到你那種溫柔，還有看到你待在我身邊時，從來沒有露出過的那種笑容時，我全部都明白了。」

她在啜泣著，但從她模糊的字句中，我還是聽得出來她想表達什麼。

「我終於明白，爲什麼你從來都沒有想要碰過我；我終於明白，爲什麼在租屋處要擺兩張單人床；我終於明白，爲什麼不管我多努力，都沒辦法成爲你喜歡的樣子。」

「對不起。」我把頭低了下去，因爲不敢直視著她。

「你眞的很傻，你爲什麼不早一點說？這段時間你到底是爲了什麼演這齣獨角戲啊？」欣婷對著我說：「從來沒有人要逼你去做你不喜歡的事情，可是你什麼都不說，遇到事情只會選擇沉默，這樣我們怎麼知道你到底喜歡什麼？不喜歡什麼？這樣你身邊的人該怎麼幫你嘛！」

她哭了出來，但似乎不是因爲發現我從來沒有愛過她而掉眼淚的，而是被我的行爲氣哭的。

她的情操眞偉大，即使我喜歡的是女生，我想我大概也沒資格站在這樣成熟的她身邊吧。

仔細想想，我的確從來沒有考慮過要說出口，就算不知道父母對於同性戀的看法是什麼，我也從來沒有想過開口跟他們說這件事情。爲什麼呢？我想我大概很怕不被認可吧。

我害怕被社會拋棄。

一直以來都是屬於「上級」的我，從來都沒有被孤立過，也從來沒有被誰拋棄過，這樣的我，沒有辦法接受自己被拋棄。在同志還沒有辦法廣泛的被社會接受的情況下，縱使說出口也不一定會被社會拋棄、也不一定會不被家人理解，但是只要有這樣的風險在，我就不會說出口。

但沒有人能夠隻手遮天啊，最終還是被欣婷知道了，而那部失速的車子，現在又將開往哪裡呢？

「我沒有被逼迫。」我對她說：「是我自己……沒有說出口的。」

「是啊！你爲什麼都不說呢？」她把一頭長髮撥到臉頰的兩旁，她倒吸鼻涕的聲音在房間中迴盪著。

「如果今天我沒去圖書館，沒有看到那一幕，你還是會在這樣的情況下跟我結婚吧？」欣婷她槌打了我的胸膛。「爲什麼要害我們彼此痛苦那麼久？你眞的很過分……陳冠宏……。」

「對不起。」都是因爲我不夠勇敢，我連這樣的話都說不出口，最後還是只說了對不起三個字。

「其實你也很痛苦吧！」欣婷一邊柔和地說著，一邊伸出手來幫我擦拭眼淚。原來我竟然哭了啊，我竟然都沒有發現。

罪惡感好重，壓得我快要喘不過氣來，爲什麼明明也很難過的欣婷，在這種時候還要站在我的角度替我設想呢？而我呢？這段時間以來，我到底又爲她做過什麼呢？

房內陷入了一片寂靜，我們兩人並肩坐在我房間內的雙人床上。

「冠宏。」大約十分多鐘過去後，欣婷開口劃破沉默說：「婚不要結了吧，應該是說，也沒辦法結了吧。」

我已經沒有任何力氣了。

欣婷輕輕地握住了我的手說：「你該勇敢的面對自己了，不須要有任何的理由，勇敢的去追求自己想要的東西，因爲我們都只有一輩子欸，不是嗎？」

爲什麼？爲什麼到最後鼓勵我的人是她？欣婷她明明應該要很難過啊！爲什麼她還可以那麼堅定的鼓勵我？我算什麼？我到底算什麼？

「這樣的我太自私了。」我說著。其實我只是不想自己當壞人吧，但明明一直以來壞人都是我啊！

「騙我和你一起過著虛假的婚姻生活，讓我一輩子都活在這樣的婚姻裡面，那樣才是自私吧。」

我想著，現在是不是應該跟她說聲謝謝。但又覺得眞的說出口的自己，感覺會很可笑。

「但是妳老家那邊的人……」我話還沒有說完就停了下來，因爲這個瞬間我才意識到，我的優柔寡斷傷害到的不是只有欣婷，也不是只有母親，而是兩個家庭、甚至是兩個家族的人。

「啊，應該不用太擔心他們沒關係，他們對我在台北過的生活掌握的部分也不是很多，只要跟他們說我分手了，應該就沒什麼問題了。」

怎麼可能一句分手了就帶得過去，欣婷這麼說只是不想讓我擔心而已吧。

「對不起。」又是這三個字，我自己都說到煩了，欣婷大概也聽倦了吧。

窗外的機車呼嘯而過，帶來噪音。

「與其道歉，不如想想該怎麼辦，媽是眞的很想看到我們結婚吧，我眞的不知道怎開口對她說。」

在心裡深呼了一口氣後，我對欣婷說：「我會開口說的。」

欣婷原本握著我的手，似乎握的更緊了一些，她對我說：「找一天，我們一起去跟你爸媽說吧。」

好煩躁，自己明明是那麼痛苦，可是周遭的一切都表現得那麼不在乎，呼嘯而過的機車，留下一串噪音後就揚長而去，房間內的日光燈管、皺皺的床單、衣櫃內生鏽的鐵衣架、地板冰冷的磁磚，一切都一如既往的待在屬於它們自己的地方，不會因爲我的痛苦而有所改變。

在乎著我的痛苦的，只有欣婷，但明明她也是應該被在乎的對象啊！她一定也很痛苦吧。

我的內心煩躁又不安。

被冰封住的記憶突然被挖開了。

阿龍。

我感到恐懼，感到不安。

如果那時候的我，能不擔心著被社會給拋棄、能不擔心不被認同，我或許會跟阿龍一直走下去啊，而我也就不會遇到欣婷了。

爲了配合我才選擇分手的阿龍、爲了配合我才解除婚約的欣婷，而至今我到底爲他們做過什麼？

「其實說『不』，或許也沒有你想像中的難。」阿龍的聲音再次浮現，一直沉睡在內心深處，大學那四年的回憶，也在此刻被攤開了。

我突然發現，就連在剛剛跟欣婷的對話間，我還是沒有說出自己不能跟她結婚了，到頭來，我還是連「不」都沒有說出口啊。

空氣好沉重，我用牙齒緊咬著自己的唇。

在這個沒辦法睡到自然醒的星期六，家裡的氣氛不太平凡。

明明是自己的家中，怎麼坐起來那麼的不自在？

陽光落在充滿灰塵的窗溝上，那總是會讓我打噴嚏的窗簾，母親不知道有沒有拿去洗。

看著需要重新粉刷的牆壁上，掛著我們一家三口的照片。

天花板不只泛黃，還有些微黑斑。

仔細想想，這房子的屋齡也有四十年了，這是爸媽辛苦撐起的家，這是充滿我們三個人的回憶的家。

也許每個家本來就該是這樣，一個爸爸加上一個媽媽，之後再加上他們共同的孩子們。

陽光把沿著臉頰滴落到地面的淚水照得晶瑩。

那不是我的淚水，那是母親的淚水。

爲什麼我覺得窗外的陽光那麼的刺眼，一點都不像是冬天應該有的陽光。

我努力把注意力留在周遭事物上、努力的分心、努力的想讓自己逃離這個沉重的氛圍、努力的逃離這個看似沒有出口的冬季。

母親的啜泣聲混合著指針的聲響，讓我更加心煩意亂。

一定要有人先開口說話，但是不知道爲什麼，我想說的那些話，往往到喉嚨就停滯住了。

「這樣一直下去，也不是辦法。」父親的聲音傳到我的腦中。「你們兩個總要有一個人開口解釋吧，解釋一下爲什麼不結婚了啊，不然我們四個一直坐在這裡也是在浪費時間。」

「欣婷，是不是冠宏對妳太過冷淡，妳才……妳才……。」母親一邊哭著一邊語無倫次地說著。

「媽。」欣婷握住母親的手說：「不是妳想的那樣。」

感覺又變成了欣婷在面對，我還是什麼都沒說啊！

我調整了呼吸，然後大聲的說：「是我的錯。」

「是因爲我，所以我們才沒辦法結婚的。」

「你又做了什麼傷害欣婷的事情了嗎？」父親盯著我看，讓我覺得我接著要說出口的話可能會讓他氣到昏過去。但是除了現在，我可能再也沒有任何一個時候，可以把那件事情說出口了。

這次我一定要全都說出口，一定。

坐在一旁的欣婷，輕輕拍了我的大腿。

「我喜歡男生。」我說出口了。

我終究還是說出口了。這個自己一直認爲絕不能被發現的致命的祕密，最後還是透過我的嘴巴說出來了。

好像也不是那麼難吧！

「其實說『不』，或許也沒有你想像中的難。」我又想起阿龍對我說的話，雖然沒有說「不」，可是我卻說出了一直沒有辦法說出口的那些話。

「你在說什麼？」父親的臉部完全僵硬了。

「冠宏啊！你在說什麼啊！」母親痴痴地看著我。

這個家中，唯一的兒子，是同性戀。

在我覺得如釋重負的當下，父親卻一巴掌就打上來了。

「你在跟我說什麼！」父親大聲地咆哮著，他的怒吼中，透露出了他不想面對的心理。「你讓欣婷受了那麼多委屈，現在還是告訴我們你是同性戀，你一定要這樣折磨大家就是了。」

我在折磨大家嗎？

我也很想知道啊！爲什麼面對女性我就是沒有辦法勃起呢？明明我也可以和其他男人一樣，像他們一樣去接女朋友下班，替女朋友做些貼心的舉動，摟著女人或是抱著我也都做得到，只是當我做著這些時，我沒有辦法清楚地感受自己到底爲了什麼做著這些，彷彿只是因爲其他男性都這麼對他們的女朋友，我就跟著做。

這樣的我，到底算什麼？

我一直在害怕的，就是當我說出口後，面對的不被認可。

「爸、媽。」欣婷在一旁說著：「或許冠宏他……也覺得很委屈。」

「是啊！你幹嘛打人啊！」母親把父親推開，然後朝我走了過來，輕輕摸了我剛剛被父親打的地方。

「這些日子以來……你心裡……到底有多難受？爲什麼不早點告訴我們，爲什麼？」母親哭著對我說，一直以來我都不知道母親具體是在哭什麼，不過這次我知道，她是對我不捨而哭的。

這瞬間，我突然明白了，爲什麼那天在圖書館的長廊，夕陽下的那十秒，對那個高中生而言意義這麼重大。因爲他跟我一樣，一直以來都沒有人站在自己這邊啊。

就算只是陌生人的一句「加油喔」，只要知道有人站在自己這邊，不管遇到什麼事，就都能夠把自己給拯救出來。我曾經在無意間拯救過他，而現在我被願意站在我這邊的母親和欣婷給拯救了。

只要有人可以站在自己這邊就好了，這樣就夠了。

在一旁的父親，轉頭走進了房間中，面對他的無法諒解，還有母親所露出不捨的眼光，都讓我對於自己眞正想要的是什麼，再次產生了懷疑。

明明說出口後感受的到心裡似乎眞的鬆了口氣，可是我卻還是看不到冬季的出口。

「媽，那麼妳跟冠宏好好聊聊，我先走了。」欣婷說著。

「那個……我送妳吧！」

「不用送了啦！而且你們家人間，應該還有很多要聊的吧。」欣婷說著。

「那個等一會再聊也可以啊！」母親說著：「冠宏啊！快去送欣婷吧！」

我跟欣婷一起走出了大門。

我按下電梯的按鈕，看著樓層顯示的螢幕不斷朝著我們所在的樓層接近，電梯門打開時的金屬聲響，緊緊揪住了我的胸口。

「謝謝。」走進電梯後，我對著欣婷說。

「白癡喔！」欣婷看了我一眼，然後笑了出來。

看著散發著笑容的她，我也笑了出來。

在向下的電梯中，齒輪轉動的聲音格外明顯，好多就在身邊的事物，我竟然從來都不曾去注意到。

不知道從什麼時候開始，我總是拖著沉重的步伐，進出這部電梯。

隨著纜線向下的電梯，把一直以來壓在身上的，重的讓人喘不過氣的那些什麼，全部都稀釋掉了。

一樓到了。

「如果我們一開始，不是以相親認識的話……。」欣婷的聲音和電梯門打開的聲響重疊在一起，但我依然聽得很清楚。「如果一開始我就知道你所有的祕密，我們應該會是……很好的朋友吧。」

「是啊！如果真的是那樣認識的，那該有多好。」我說的是真心話。

欣婷沒說什麼，只是笑了笑。

「你，會去追他嗎？」欣婷突然這麼問了我。

我篤定地搖了搖頭。

「連試都不試？」

「嗯，他有喜歡的人了。」我說著：「而且現階段的我，暫時想要以一個人的模式生活著。」

「是嗎？」欣婷笑了笑。「保持聯絡哦，以後……還是朋友吧？」

「還是朋友。」我搔了搔頭，然後對她笑了笑。

「你送我到這就可以了。」站在大樓的大門前，欣婷回頭對著我說。

「嗯。」我輕輕地拍了拍她的肩膀再次說道：「謝謝妳。」

「那，再見囉！」欣婷說完，走出了大樓的大門。

門鎖咬合時所發出的聲響，在這個空間中破碎，在我的耳朵深處迴盪著，看著照射進一樓大廳的陽光，我彷彿看到了冬季的出口。

此刻的我，整個人空蕩蕩的。

就像是一張純白的畫布一樣，隨時可以塗鴉上各式各樣的色彩，隨時都能夠重新開始。現在的我，兩手都是空空的，因爲什麼都沒有，所以什麼事物都有辦法抓住的。

推開家門，只有母親獨自坐在客廳之中。這樣的畫面，從國小看到國中再到高中，那時放學父親都還沒下班，母親就獨自坐在客廳裡看著電視，等到我到家後再開始準備晚餐。

從高中畢業到現在，一晃就十四年了，母親的臉上似乎也多了不少的皺紋。明明是如此熟悉的畫面，爲什麼今天看來，卻有股鼻酸的感覺呢？

「欣婷走啦？」母親問了踏進家門的我。

「嗯。」我點了點頭。

「來媽旁邊坐著吧！」母親用手拍了拍沙發的表面對著我說：「想說什麼就說什麼吧！沒有比家裡更能讓人放心的地方了。」

「媽……。」

「改天也找個時間，好好跟你爸說一說吧。」母親很努力地擠出笑容啊！我看的出來，我全都看的出來。

我和母親就像什麼事都沒發生過一樣，兩人坐在客廳中，一起聊著最近生活上的小事。之前因爲害怕面對母親跟欣婷，我總是焦躁的在逃避著，很久沒有這樣和母親對談了。

從窗外透進來的一方陽光，格外溫暖，陽光均勻的平分給每個人，父親也在房間中感受著同樣的溫暖吧。

我的生活進入了一種十分規律的模式，總是只來往公司、圖書館還有家裡這三處，偶而會跑去阿龍的租屋處跟他喝喝酒。

他當然也知道我和欣婷分手了。

雖然已經沒有不回家的理由了，但我依然習慣在圖書館做事情，唯一不同的是那名高中生，沒有繼續出現在圖書館了。

進入十二月後，天氣越來越冷。

然後有一天，他又突然出現在圖書館。

「還給你。」他對我說，手上提著一個紙袋。

「我還以爲，沒辦法再見到你了。」我們站在長廊上，不像夏天到了七點還有夕陽的餘暉，此刻的窗外一片漆黑。

「皮鞋還是要還給你啊！」他對著我說：「你的長襪也在裡面了，謝謝你。」

「不用客氣啦，不過那天的事……。」我想著該怎麼開口。

「那天是我太衝動了，嚇到你了，對不起。」

我爲了那個吻跟他道歉。

「你不喜歡女生吧？」他直白的問了我。

我點點頭。

就算我們之間發生了那些事情，我在他面前還是可以很坦蕩，我想他一定也是一樣，現在的他一定也還是能夠在我面前毫無顧忌地分享著內心的想法。

「所以那個女生跟你是什麼關係？」他有禮貌的說著：「如果你不方便說也沒關係。」

「跟你想的一樣，是女朋友。」

「可是，爲什麼？你明明不喜歡女生啊。」

「很多事情不是自己不喜歡就可以不去做的啊！」我對他說：「一直以來我都不敢大聲的說出自己不想要什麼。」

「欸！那你明明自己也不敢面對這件事，上次還直接在我面前，搶著說出我喜歡我們班上那個人的事情！」他有點像是在賭氣的說著。

這樣的他很可愛。

「但你也沒否認啊！」我捉弄著他。

「是啊！」他轉頭看著窗外，我也跟著他把視線移向窗外，在窗外一片漆黑的風景裡，只有我們兩人的倒影。

「不知道爲什麼，很多明明從來不會說出口的事情，我卻總覺得可以很放心的讓你知道沒關係，所以也就不會想要去否認。」

是嗎？他果然跟我想的一樣。

「不過我跟她分手囉！」我沒有任何負擔的說出這件事情。

「她知道了我的事情嗎？」

我點了點頭。

「所以是我害的嗎？」他皺著眉頭問我。

「不是你害的。」我將雙手放在他的肩膀上。「不過是你讓我確定了自己想要的到底是什麼。」

「眞的不是因爲我嗎？」

他似乎還是很介懷，覺得好像是自己害我跟欣婷分手的。他停頓了下後，又問了我：「那麼那個大姊姊很難過嗎？」

「難過一定會吧，不過我們是很和平的分手的，我也在她的面前，第一次坦率的面對自己喜歡男生這件事情。」我慶幸著那天的那幕有被看到，否則我到現在都還不會把這些事情說出口吧。

「那麼，你跟那個『他』怎麼樣了啊？」

「算是把話說開了吧！」他用連自己也不是很確定的口吻說道。

「所以在學校會很自然的互動囉？」

他搖了搖頭說：「老實說，我自己對於跟夯哥們相處還是沒什麼自信，所以在學校還是沒什麼互動。不過在家的時候我們會用Instagram聊天。」

「現在眞的很方便欸！」我感慨的說著：「以前我們念書的時候，離開學校就找不到人了。」

「不過不知道對方叫什麼的話，就連在社群軟體上也很難找到對方吧。」他輕聲地說道。

「的確，就算科技那麼進步，還是會有想聯絡也連絡不到的人吧！」我跟他現在心裡，在想著相同的事情吧。

「是啊！如果你都沒有再來圖書館，那皮鞋可能就會一直放在我這邊了。」

我笑了出來，然後跟他說：「我叫陳冠宏。」

「我叫韋梃愚。」他一邊說著，一邊用手機打出他姓名的寫法。

「兩個字都好特別。」看到他姓名的寫法後，我對著他說。

「被很多人說過了。」他笑著對我說：「今天我沒耽誤到你的時間吧？」

看著他的笑容，站在同樣的長廊上，同樣的那句話，我想起了那天夕陽下的那十秒鐘。

我對著他說：「沒有哦！要去念書了是嗎？」

「沒有，今天就是來還皮鞋的。」

「不念書？」

他搖了搖頭，然後對著我說：「那……再見了。」

「嗯，再見囉！」不知道爲什麼，心裡有一陣落寞的感覺，我有預感他之後都不會再出現在圖書館了。

他向前走了幾步後，又回過頭來對我說：「那個……冠宏，我想你一定可以的，連心裡一直不敢大聲說出來的話，都可以勇敢的表達出來了，今後你不管遇到什麼事情，都一定可以的。」

他的雙眼是那麼的堅定。

「你是在鼓勵我嗎？」

他點了點頭，對著我說：「就像你曾經對我說的那聲『加油喔！』是一樣的意思。」

直到最後我們都沒有交換彼此的聯絡方式，因爲對我們而言，這樣就已經很足夠了，我們已經從彼此身上交換到繼續向前的動力了。

我想我們可能眞的再也不會見面了。

我帶著略爲惆悵的情緒，回到自修室中的座位坐下。

打開手機，看到欣婷傳了一則訊息給我。

她問我明天下班有空嗎？說是有事情想跟我見一面。

會是什麼事情？我好奇著。

她說她下班後可以搭捷運來士林沒關係，於是我跟她約在士林中正路上的露易莎。

晚上的咖啡廳中，充滿著許多附近的高中生，原來現在的高中生大多喜歡來咖啡廳讀書勝過於去圖書館嗎？光是走進去聽到吵雜的談話聲，我就不覺得在這裡有辦法多認真做事情，而原本典雅的音樂，在每個人都各自聊著自己的生活大小事或討論作業時撥放，只是讓整個空間更加吵雜。

提早到的我，選了一個兩人桌坐下，我看著店內的高中生東張西望著，大多是韋梃愚他們學校的學生，每當有人走進來，我就抬頭注視了一下，雖然說是在注意著走進來的是不是欣婷，但我想我心裡大概也很期待，當我抬起頭來會看到他走進這家露易莎吧。

「抱歉啊！來晚了。」大約過了五分鐘後，走進來的欣婷在我對面的位子坐了下來。

「不會，我也才剛到。」我對著她說：「拿鐵已經幫妳點好了。」

「哦！謝謝。」她笑著說：「你還記得我喜歡喝拿鐵啊！」

「老實說這是我少數記得的事情。」

「分手候就馬上變得那麼老實啊！」她喝了一口桌上的拿鐵。「好溫暖哦！外面快冷死了。」

「妳說今天要找我，有什麼事情嗎？」

「我要當你的客人。」她一派輕鬆地說著：「在文山區的套房，那時候我只簽了半年，現在租期快到了，我想要買房子了。」

「妳是認眞的？」

「看起來像在開玩笑嗎？」她放下手中的咖啡杯然後說道：「我已經下定決心了，不管有沒有結婚，我都不要調回老家的學校了，既然決定要在這個城市定居了，下一步當然就是買房子啦。」

「爲什麼不想調回老家的學校？」

「老實說就連我自己也不知道，我明明不是台北人，但是住在這的這十年裡面，我竟然擅自的產生歸屬感，好像這個城市才是我的家一樣，不過說這種話大概會被你這種老台北人恥笑吧！你們台北人很排斥我們這種，明明是從中南部搬來定居的，還隨口就說出自己是台北人的人吧？」

「妳還會說出『你們台北人』這種話，表示妳還沒有完全融入啊！」我調侃著她。

「是啊！不過每當我從老家回到台北時，總是會有一種『終於到家了』的感覺哦！我想台北這個城市，就是擁有這種吸引人的魔力吧。」

我回想自己大一上學期的時候，每次只要從台北要回去嘉義的學校，我都會感到莫名的厭煩，我一直以爲那時候的我只是不想回去上課，不過聽到欣婷這麼說，難道台北眞的有那麼吸引人嗎？

而且那時候甚至沒有高鐵，高鐵是在我大四下學期那年才通車的，因此大一到大三往返台北和嘉義時都只能靠火車。不過和阿龍在一起後，當然我就幾乎都沒有回去台北了。

「那妳想找什麼樣的房子？」我問她，就像眞的在接待客戶時一樣。

「我不想住小套房，但也不用太大，我想應該兩房就夠了吧。」

「不過妳想要住在哪一區啊？」

「士林。」她沒有任何猶豫地回答。

「爲什麼是士林？」

「我的學校在中山區啊，但是中山區和鄰近的松山區，房價都很高吧，而另一半的大同區，屋齡又都太高了，所以才會選擇過了一條基隆河的士林，想說每次搭捷運過來找你，感覺都滿快的。」她笑著對我說。

「欸！有做功課哦！不過妳太小看士林了，士林的單價也很高哦！」

「但我要的坪數不大啊。」

「小坪數大多只有新建案才會推出，新建案屋齡低，一坪的價格就會比較高啊！以士林來說，屋齡較低的平均一坪也都要一百萬以上哦。」

「好像太小看買房這件事情了。」欣婷喝了口咖啡說道。

「妳有沒有考慮過公寓？」公寓的坪數大，但因爲屋齡高又沒有電梯，因此總價通常都比較低，以沒結婚又沒養小孩的正式老師來說，要在台北市買房是一定沒問題的，只不過當然也負擔不起太貴的物件，因此我想公寓的話大概比較適合她。

「不過扣掉社子那邊的話，士林感覺很少有公寓在釋出。」

「天母呢？天母怎麼樣？」我突然想到，我手上有不少天母釋出的公寓，因爲那邊有不少是要移民到國外的退休人士。

「怎麼好像越來越遠了，而且天母對外交通也不太方便吧？」

「但是天母內的生活機能非常完善哦！去看過一次妳一定會愛上的。」
「嗯。」她歪著頭想了想。「反正去看也不用錢哈哈！」
「那我就跟張欣婷小姐約個時間囉？」
「下個禮拜日你方便嗎？」欣婷一邊問，我一邊拿出手機查看行事曆。
「平安夜？」
「欸！那麼巧哦！你不會要約會吧？」她笑著問我。
「才沒有。」我對著她說：「那就約那天囉？」
「好啊！你就陪我過一下我三字頭生涯的最後一個聖誕夜吧。」
明年她就三十了，我也三十三了。
走出咖啡廳後，我陪堅持不給我載的欣婷一起走到士林捷運站。
我看著她跑向捷運站閘門口的背影。
她要買房子了啊！看來她也很努力地想要展開新的生活呢！

我們在整個天母中心的十字路口，天母廣場集合。南北向的中山北路在這個路口分為中山北路六段和七段，東西向的道路則分為天母東路和天母西路。

那天的看房很平凡，欣婷也很滿意這個生活環境。從中南部來到台北的她沒有來過天母，畢竟天母是個很封閉的住宅區，沒什麼事也不會跑來，第一次來的她很訝異一個住宅區內竟然有三家百貨公司。

我們從下午看到晚上，總共看了五六個物件吧，就在這平凡的平安夜要結束之際，卻發生了一件事情，狠狠地衝擊了我的視覺。

車禍。

我從來沒有看過車禍在我眼前發生。

被撞的年輕男子臥倒在地，手機從口袋裡飛了出來。「快叫救護車！」我聽見欣婷這麼大喊著。

可是我的視線好模糊，我莫名的想哭。

我的視線沒辦法從臥倒在地的那個軀體上移開。

那個身影，是那麼的熟悉，熟悉到讓我喘不過氣，熟悉到我根本沒有力氣拿起手機叫救護車。

救護車抵達現場時，救護人員一邊用擔架把他抬上救護車，一邊對旁邊的民眾說：「請不相關的人離開！」

「讓我一起上救護車！」我歇斯底里地喊著：「我是他的……。」我是他的誰？我愣住了，韋梃愚快爬起來啊！爬起來告訴救護人員我是你的誰啊！

「冠宏！你冷靜一點！」欣婷拉了拉我的衣角，然後叫了一台計程車跟著救護車去了醫院。

一直到他家人來之前，我和欣婷一直留在醫院。

「他是你在圖書館幫他穿鞋子的那個高中生吧？」坐在急診室內走廊的椅子上，欣婷問了我。

我點了點頭。

「怎麼會遇到這種事情呢……。」

我在剛剛一陣混亂中，撿起了掉在他身邊的手機，從碎裂的手機螢幕上可以看到，似乎是有人找他出去。

找韋梃愚出去的是那個「他」吧，如果不是他的話，韋梃愚也不會這樣奮不顧身地跑出家門。不過這些事情，我只有藏在心裡，沒有告訴欣婷。

「謝謝你們救了我弟弟。」他的哥哥到了之後，對著我和欣婷說。他的母親則是在一旁含淚，不斷鞠躬道謝。

「如果他醒來的話，可以……讓我進去跟他說說話嗎？」我開口問了他的家人，他哥哥則是皺著眉頭看著我。或許是看到他哥哥的反應，欣婷在一旁補充說著：「他們倆個認識。」

「你們認識？」

「在他常去的圖書館認識的。」

他哥哥抱著半信半疑的態度對我說：「如果他醒了，我會跟你說的，但是要不要和你說話要看他自己的意願。」

「謝謝。」我說完後，他哥哥就扶著他母親走入急診病房中。

我和欣婷一起坐在走廊上的長椅，我問她要不要先回家，她說就算現在回家也會因爲擔心那個孩子而睡不著。

等了一段時間後，欣婷說她去買杯咖啡。

在寂靜的走廊中，等待的時間顯得更加漫長，我第一次意識到，原來秒針走完一圈要花那麼多時間。

「拿去，你愛的美式。」欣婷買完咖啡回來時，韋梃愚他哥哥從剛好從病房中走了出來。「啊！我也有買給你跟你媽媽喔。」她對著韋楨愚的哥哥說。

「謝謝。」他接過咖啡後對我們說：「我弟已經醒過來了，他說想要親口跟你們道謝。」

我跟欣婷走進病房，看到他虛弱的躺在床上，原本的他看起來就已經很虛弱了，但是今天的他看起來又虛弱、又疲憊、又憔悴。

我好想把他緊緊抱住。

「這是你第三次救了我。」他努力地擠出笑容對我說，然後看到了站在我身邊的欣婷。「你們不是已經……。」

「我們現在還是好朋友。」我說著。

他看著欣婷，用虛弱的聲音緩緩說出：「謝謝妳……。我對不起妳……妳救了我，但是我卻……我眞的從來沒有想過要介入任何人。」

「完全不是因爲你我們才分開的。」欣婷凝視著他說：「我還想謝謝你哦，是因爲你陳冠宏這傢伙才終於能夠坦率的面對自己。」

「謝謝妳姊姊，妳的心胸眞的很寬廣。」他輕輕地笑著說：「如果我的心胸也這麼寬廣，現在也許就不會躺在這裡了。」

「怎麼說呢？」身爲高中輔導老師的欣婷，試圖去安撫著韋梃愚受傷的心。

「因爲我太容易在意太多事情了。」

「不過在我看來，這樣很負責任哦！能夠去在意自己認爲是生命中重要的事物，不管那是什麼，都是很負責的作爲哦！只要想著就算傷心難過，也是要活著才能夠感受得到的，只要抱有這樣的想法，卽使遍體鱗傷，還是能夠再重新站起來去在意那些自己認爲重要的事物吧！」

他笑了，然後對著欣婷說：「我還以爲所有大人都只會輕描淡寫的說，那就不要想那麼多就好了。」

「但我們控制不了自己要想什麼啊，對吧？」欣婷對著他說。

「卽使大腦是自己的。」他回復著。

「那既然如此，就去放心的去在意吧！在意著自己認爲重要的人事物。」欣婷握住他的手。

「謝謝，只是我想……我可能眞的再也無法繼續向前了吧。」他在病床上虛弱的說。他看起沒有不舒服的感覺，或許是因爲他平常就總是很虛弱的緣故，才給了我這種錯覺吧。但是現在的他，身上應該每一個部位都感到很疼痛吧。

「沒有辦法向前也沒關係，或許跟別人相比，你覺得自己沒有在前進，但是你現在就是在『這裡』呀，一直以來你以自己的速率努力的走到了這裡啊！」欣婷接著說：「所以不用告訴自己一定要向前，只要能夠坦率的注視著『這裡』，注視著所活著的這個當下就夠了。」

他只是笑了笑，然後告訴我，有些事情他一定要跟我說。

他說，我曾經伸手將他從黑暗中拯救過三次，第一次是他無意間聽到「上級」的同學在背後講他的是非，而我在夕陽下對著他說「加油喔！」那次，第二次是在他挨打之後，我關心他的傷勢，第三次是在今天，他因爲「那個他」跟女朋友吵架，爲了要去安慰他而在路上出了車禍，這次也是我出現救了他。

我從來都沒想過，總是覺得自己把人生活的一蹋糊塗的我，卻在無意間拯救過人。

「雖然不完全是他害的，但感覺每次出事情都跟他有關係啊！」我有點不以爲然的說。

「是啊！」他淡淡地說。

「但就算這樣，你還是會去在意有關他的一切。」

「是的，我依然會喜歡他。」

雖然本來就知道我完全沒有希望，但是眞的聽到這句話時，心還是揪在一起了。

和欣婷走出醫院時，天已經微亮了。

「眞好呢！」她仰望著晨曦的雲彩，藍橘相間的天空說著：「年輕眞好，能有這樣可以奮不顧身去在意的對象，就算受傷了，還是會在意著他，一直以來我都急著把自己『推銷』出去，所以對我而言，好像從來沒有這樣可以讓我義無反顧地去在意的這個人存在。」

我思考著欣婷所說的這句話，手中的那杯欣婷幫我買的熱咖啡已經變冷了。

「對你來說，有這樣的人存在嗎？」欣婷問了我。

「或許有哦！」

我打開手機，看著螢幕顯示著十二月二十五日，手中的那杯咖啡，杯子上印有Merry Christmas的字樣。

我撥了通電話給阿龍。

「今年，不，以後每年都一起過聖誕節吧！」我這麼對阿龍說。

朝陽出來了，整個台北市都變得閃閃發亮。

—第十章—

韋梃愚

就算步伐大小不同也無所謂，跟不上哥哥也無所謂，我依然可以用自己的速率向前。
現在我就站在這裡，不管我用怎麼樣的速度到來的，現在的我就是在這裡啊。

葉子被風吹著吹著，吹到街道的盡頭。

紅綠燈的秒數不斷減少，人行道邊緣是蠢蠢欲動想要趕上一變成綠燈那個瞬間橫跨馬路的人。

在地面上吱吱喳喳的麻雀，似乎被開始步行的人群給驚擾而飛到紅綠燈的上方。

我感受著吹動著葉子的風。

一邊走進捷運站的同時，我一邊從口袋中拿出悠遊卡。沿著手扶梯到了月台後，列車進站的風與我的頭髮婆娑著。

捷運進站的廣播聲響和人們散發的歡樂氣氛混雜在一起。廣播系統的聲音停止後，捷運在剛啟用的豐樂公園站的月台停了下來。

我搭上剛通車不到一個月的台中捷運，雖然是駛於地面上的高架捷運，卻因爲隔音牆完全看不到周遭的風景。

倚靠著車門旁的玻璃隔板，車輪和軌道磨擦的聲音送入我的耳中。

捷運上的人們交談著、歡笑著、努力的生活著。在同一列車上的我們，又分別要前往哪裡呢？

我在終點站高鐵台中站下車，準備轉搭高鐵回去台北。

我有多久沒有回去了呢？

現在的我在台中就讀大學，久久才會回去台北一次。這絕對是高二那時候的我，沒辦法想像到的吧！

離開一直以來依賴的台北，獨自到一個陌生的城市生活著。

高中的我，不要說去到一個陌生的城市獨立生活了，光是要踏入一間充滿著陌生臉孔的教室，就快讓我窒息。

那時候的我，爲什麼總是這樣呢？

我靠在高鐵的車窗旁，看不清楚快速消失在窗外的風景，看著自己在車窗上的倒影，連我自己都對我的改變感到驚訝。

因爲憂鬱症在高中休學了一年，也比其他人晚畢業一年，同屆的人現在應該都已經是大三了，而我還在念大二。

但是我卻一點也不著急，因爲只要用我自己的步伐向前就可以了，我在心裡這麼想著。不管世界怎麼轉動，不管旁邊的人用怎麼樣的速率向前，我只要用我自己的步伐，一點一滴地往前就可以了吧。

以前的我，總是很在意別人怎麼看我的，做什麼都小心翼翼的，或許在別人眼中我很努力的在生活著，但其實我只是不安的被不斷流逝的時間拖著向前而已。容易在意別人眼光這點或許現在也還是一樣，不過我卻開始能夠找到自己融入這個世界的辦法。

現在在大學裡面，我有結交到朋友，也會跟一群人一起出去吃午餐。比起以前，生活對我而言開始變得輕鬆。

在大學裡面，依然有「階級」的概念存在著。有人比較得學長姊的歡心，在校園中得到的機會就比較多、有人在宿營或是系上辦的活動中，就是比較閃閃發亮、有些人的感受就是會有比較多人在乎。這樣的事件在大學中層出不窮。

依然有許多殘酷的現實擺在眼前。

「階級」不會消失，但我似乎比較能適應了。當面對著這些生活中的皺褶時，只要輕輕撫平就可以了吧。

回想高中的我，堅信著「下層」就應該安靜地待在教室一角，在教室裡、校園中、整個台北市都不會有人知道我是誰，不會有人在乎我的感受，不過這樣的觀念卻在升上大學後一點一點被推翻掉。

大一的我搬離宿舍後，因爲愛上南屯區的生活機能，我獨自一人跑去租在捷運豐樂公園站附近的套房。

那是一棟透天厝所改建的建築，我租在四樓朝東的套房，每天被直曬的陽光照醒的感覺很舒服。

因爲南屯距離學校有一大段距離，我也沒有機車，因此只能透過公車或是腳踏車通勤，不過我卻很滿意這種通勤方式，高中從來沒有運動習慣的我，剛好透過騎腳踏車通勤時擁有運動的機會。

我喜歡騎著腳踏車，穿梭在台中的街道，慢慢探索這個我還有許多未知的城市。

後來捷運通車後，我從租屋處去打工就更加方便了。

以前完全無法直視別人雙眼說話的我，卻在升上大學後選擇在需要大量與人互動的日系服飾品牌打工。

不過一直都嚮往進入職場的我，發現了其實工作並沒有我想得輕鬆，服務性質的工作，每天都要面對成千上萬的客人，雖然會覺得累，也有機車到不行的同事，但我還是很努力的完成自己該做的事情。

我的生活呈現一個平衡的狀態。

在學校有能夠說話的對象，分組討論時能夠發表自己的看法，同時也能夠一個人完成很多事情，一個人租到那麼遠的地方、一個人去打工、一個人騎著腳踏車。

因爲高二的憂鬱症，我幾乎脫胎換骨。

現在回想起那段日子，真的只能用慘不忍睹來形容。

原本就已經很瘦的我，又瘦了大概七公斤左右，因爲完全沒辦法進食。喉嚨就像是長了繭一樣，什麼都沒辦法吃，從醫院帶回來的大量藥物也吞不下去，只能靠液態的營養品維持生命。

我深信著自己再也不可能向前了。

我不知道自己爲了什麼活著。

那時候完全是行屍走肉般地活著，也曾有過很多次「乾脆就這樣死掉算了」的念頭。

只是每當我這麼想，那三個人就會出現在我的夢境中。

哥哥、陳子毅和陳冠宏。

我一直不知道自己怎麼會生病，或許導火線是高二那年的平安夜那晚發生的事情，但是如果把一切責任都歸咎於陳子毅，我又覺得那對他太不公平了。

那天，我支離破碎的臥倒在大馬路上。

在醫院醒過來後，身旁坐著哥哥，他告訴我幫我叫救護車的人就在外面，而且那個人是我認識的人。一開始我還以為是陳子毅，不過哥哥告訴我對方說我們是在圖書館認識的。

看到走進病房的陳冠宏，身邊還跟著一個女生，看起來是那個他說已經分手的女朋友。

我對著冠宏說：「這是你第三次救了我。」然後看了他身邊的那個女生，我問了他：「你們不是已經……。」

「我們現在還是好朋友。」知道我想問什麼的冠宏，直接回答了我。

「謝謝妳……。我對不起妳……妳救了我，但是我卻……我真的從來沒有想過要介入任何人。」我用盡所有力氣，對著那個大姊姊說。這些話我一直很想對她說，但卻沒有想到我會是在這樣的情況下遇到她。

「完全不是因為你我們才分開的。」她輕聲說道：「我還想謝謝你哦，是因為你陳冠宏這傢伙才終於能夠坦率的面對自己。」
她在我的眼前閃閃發亮著，爲什麼呢？爲什麼能夠做到這樣的境界？她的心胸好寬廣，就好像能夠包容所有事物的大海一樣。
而一直以來，那個總是爲了那些枝微末節的瑣事不斷感到不安的自己，遲遲無法向前的自己，到底算是什麼？
找不到答案的問題，和病床旁的儀器所發出的聲音重疊在一起。
「大姊姊謝謝妳，妳的心胸眞的很寬廣。」我對她說：「如果我的心胸也這麼寬廣，現在也許就不會躺在這裡了。」
「怎麼說呢？」她問了我。
「因爲我太容易在意太多事情了。」
她停頓了一下，然後笑著對我說：「不過在我看來，這樣很負責任哦！能夠去在意自己認爲是生命中重要的事物，不管那是什麼，都是很負責的作爲哦！只要想著就算傷心難過，也是要活著才能夠感受得到的，只要抱有這樣的想法，卽使遍體鱗傷，還是能夠再重新站起來去在意那些自己認爲重要的事物吧！」
我笑了，她跟我認識的大人很不一樣。

「我還以爲所有大人都只會輕描淡寫的說，那就不要想那麼多就好了。」

「但我們控制不了自己要想什麼啊，對吧？」她對著我說。

「即使大腦是自己的。」

「那既然如此，就去放心的去在意吧！在意著自己認爲重要的人事物。」她握住我的手，在冷冰冰的病房裡，她手心的溫度在我全身擴散開來，那些身體感到疼痛的部位，似乎也正被這股暖流滋養著。

她是個耀眼又溫暖的人。

「謝謝。」我用已經十分虛弱的聲音對著她說：「只是我想……我可能眞的再也無法再繼續向前了吧。」

「沒有辦法向前也沒關係，或許跟別人相比，你覺得自己沒有在前進，但是你現在就是在『這裡』呀，一直以來你以自己的速率努力的走到了這裡啊！」她接著說：「所以不用告訴自己一定要向前，只要能夠坦率的注視著『這裡』，注視著所活著的這個當下就夠了。」

現在回想起來，這段話其實很有道理，只是那時候的我執著於校園裡的那些事，所以怎麼樣也聽不進去吧。

在那之後，我才知道陳冠宏的前女友是高中的輔導老師，原本覺得她說的話很有道理的我，在知道她是擅長說服高中生的輔導老師後，瞬間突然覺得那些話很裝模作樣。

那天在醫院，我用盡所有的力氣，把想告訴陳冠宏的話全部說完，我回想他曾經救過我的三次，每次都是他在我已經支撐不下去的時候，及時出現在我的面前，可是我卻還是喜歡著從來不曾在我陷入絕望時出現過的陳子毅。

我聽哥哥說，在我被送進醫院後的隔天，陳子毅有和另外三個同學一起來醫院看過我，聽哥哥形容的樣子，來的有陳子毅、小泉、江傑還有讓我出乎意料的葉家恆，我從來沒想過他竟然會來看我。

我慶幸著那時候自己睡著了，因爲我完全不知道要怎麼面對陳子毅，也不知道自己還有沒有跟他對話的力氣。

我眞的已經好累了。

就這樣我陷入長達一年的沉默。

陳冠宏他們那天離開醫院後，似乎一直跟我哥保持著聯絡，因此在我生活完全停滯的這一年，他們一直努力的把我從黑暗的深淵中拉出來、讓我脫離想要死亡的那種念頭。

那個大姊姊的本名叫張欣婷，但她卻不准我這樣叫她，因爲她說從名字可以聽出一個人的年紀，所以她不喜歡被用本名稱呼，她要我叫她Amy姊，那是她的英文名字。雖然我完全無法理解她的邏輯，不過那時候的我根本不會有餘力去在乎這些事情。

那一年，不要說走出家門，我幾乎連房間門都不會踏出去。Amy姊在經過母親的同意下，一週會來我家一次陪我聊天。

然後在差不多過了一年後，Amy姊對著我說：「如果感覺有力氣了，要不要試著改變自己的速率了呢？」

她刻意避開了前進這樣的說法。

「但是我不知道我要往哪裡去。」我靠在床上，有氣無力地回答著。

「試看看在心裡想著那些對自己而言重要的事物，然後一點一滴地朝著他們走過去呢？」Amy姊溫柔的說著。

那晚，我再次夢到他們三人。

那個曾經被我視爲目標和可以依賴的對象的人、那個我深愛的人、那個曾經在黑暗的深淵中拯救過我三次的人，到底對我而言，什麼才是最重要的？

在夢境中，我追著他們，但每過一段時間就有一個人會消失，每過一段時間就有一個人會消失，到最後我眼前只剩下一個人。

他回過頭來，而我認得那個輪廓。

哥哥。

是啊！哥哥一直都在我身邊，就像我車禍住院的那時候一樣。

他總是在我身邊，不曾變過。一直以來都是我自己害怕，害怕只要我跟不上哥哥，我就會被他拋棄，國小時在學校幾乎沒有什麼朋友的我，不能再承受被唯一能依賴的哥哥拋棄了。

所以在被哥哥不認同前、在被哥哥認爲我很遜之前，乾脆自己先遠離哥哥好了。一直以來都是我自己這麼想的啊！在醫院時總是細心地在一旁照顧著我的哥哥，他根本從來沒有把我當成「不同世界」的人啊。

隔天，體內那個長期關閉的開關，不知被什麼給開啟了。

我可以向前了，身體意識到這件事後，我從床上坐起來。

時間是早上七點，我進到浴室盥洗，刮掉了臉上雜亂無章的鬍子後，看到餐桌上擺著一大盒從costco買回來的可頌，我拿起來一個接著一個送入口中，我的胃就像是無底洞一樣，彷彿要把這段時間以來，沒有吃的東西全部都吃回來一樣。

我到冰箱拿出鮮奶，倒在杯子裡。

冰涼的鮮奶從喉嚨流過的瞬間，我有了自己正活著的眞實感受。

起床後的父親、母親還有哥哥，看到我的樣子，都嚇了一跳。

見到我在餐桌上進食的母親，又掉下眼淚了。

我看了哥哥一眼，決定在繼續向前之前，我想先以現在的自己，以用著自己的腳步前進的這個狀態，獲得哥哥的認同。

沒錯，就算步伐大小不同也無所謂，跟不上哥哥也無所謂，我依然可以用自己的速率向前，我依然可以被他認同。不一定要跟上他，才能夠被他認同啊！如果小時候的我能夠意識到這點，我們或許就不會疏遠到今天這種程度了。

「哥！」不知道有多久了，我沒有主動叫過他。「我想跟你聊聊天。」

「各位旅客，我們即將抵達，台北站。」

高鐵上的廣播聲音響起，我揹起後背包，準備跟著人群一起走下車。

這次回台北，我去了很多地方，也發現整個城市每一分每一秒都以驚人的速度不斷在改變著。

下高鐵後，我搭上淡水信義線的捷運，我沒有回去天母，而是一口氣搭到紅樹林站。

出站後，前方顯示著轉乘淡海輕軌的動線，轉乘輕軌就可以直接搭去漁人碼頭。那是我和陳子毅他們最後一次見面的地方。

在他們高三畢業典禮那天，陳子毅、小泉跟葉家恆一起找了還在讀高二的我，要我翹課跟他們一起去校外。

因爲王思喬跟陳子毅分手了，因此他們畢業後，「上級」的夯哥跟夯姐們就此分道揚鑣，沒有一起去唱卡拉OK、也沒有去逛信義區。

我們四個人最後決定去了漁人碼頭看海。

那時候的輕軌還在施工，從紅樹林站可以看到外面聳立的巨大墩柱，那條路線會沿著淡金路上山，繞到淡海新市鎮後再折到海邊的漁人碼頭。那時候因爲輕軌還沒通車，我們只能夠搭到捷運淡水站後轉搭公車。

我搭上輕軌，穿梭在綠意盎然的山巒間。看著沿途窗外的風景、車廂內部的幾米裝置藝術品、還有感受著有點涼意的車內空調，第一次搭乘的我，被周遭的事物吸引著，軌道也在過了淡水行政中心站後，悄悄地下降到平面。

我回想著那天的畫面。

那天，我們吹著海風，替他們的高中生涯劃下句點。

在那之後我和他們都沒有再見過面了。

不知道他們現在都在什麼地方？做著什麼事情呢？

雖然可以透過Instagram知道他們的近況，但是如果沒有實際的面對面，很多變化是很難感受到的。我想如果有機會再見面，他們大概也會對於我的改變感到吃驚吧。

陳子毅考上了輔仁大學，而小泉跟江傑都考上了東吳大學，雖然他們的科系不同，但看起來他們常常在學校見面，也很常一起出去吃飯。

雖然都沒有考上國立大學，不過他們考上的學校都算是全台數一數二的私立大學了。

一直都精力旺盛的葉家恆則去唸了警察專科學校，朝著維護社會「秩序」的目標努力向前著。

這麼說來，大家都留在了台北，只有我一個人跑到台中去。

當初到底爲什麼做出這樣的決定，老實說連我自己也不知道。

大概是因爲那時候接觸了夏目漱石的《三四郎》，看到他從熊本到東京，對現實世界的劇烈生活感到的那種不安，讓我開始出現了，自己到底能夠走到多遠的地方去這種想法。

從小就在台北長大的我，已經被這個城市的速率捆綁住了，台北並不等於整個現實世界啊！爲了明白三四郎眼中那種劇烈的生活指的到底是什麼，我毅然決然在自願表上填了外縣市的大學。

我正在改變，我能夠強烈的感受到，我做出了以前的自己一定不可能做出的決定。

因爲去到了外縣市，所以只要一回台北，我就會習慣性地跑去那些充滿回憶的地方。

乘載著許多回憶，對我而言十分重要的士林分館在我復學後已經封閉了，聽說是公有市場那棟建築出現了問題，因此高三的我如果要去圖書館，都要去到位於士林官邸附近的李科永紀念圖書館。

而重新開始提供服務的士林分館，新址位於基河路，已經很靠近士林夜市跟捷運劍潭站那帶了，不過我到現在還沒有去過。

這幾年，感覺世界變了很多，不管是已經通車的淡海輕軌、還是搬遷到新址的圖書館，台北以瞬息萬變的姿態出現在我們的面前，不過那種總是會被壓得喘不過氣的感受，卻沒有在我身上再出現過了。

流行的事物也不斷在改變，對電影向來都不怎麼瞭解的我，從身旁的朋友口中知道現在流行什麼，最近紅片大街小巷的電影，刻在你心底的名字，有別於高中時風靡整個校園的電影我的少女時代，這部電影的主角並非男生和女生，而是男生和男生。

這幾年，以同志爲題材的作品如雨後春筍般出現，彷彿只是商人爲了吸引這個市場的公衆，同志的愛情被以廉價的商業形式出售。

哥哥好像也帶了新交的女朋友去看這部電影，他女朋友看完一樣哭得唏哩嘩啦，一對異性戀的情侶，又是以什麼樣的角度來看這段感情呢？他們也會遇到喜歡一個人卻不能說出口的矛盾嗎？

我想大概也會吧！

還有台灣的同志婚姻通過了。這個世界正以我們怎麼都跟不上的節奏，快速的改變著。

但即便通過同婚又怎麼樣，有很多人還是沒辦法大聲說出喜歡一個人。

我想到那個他。

不知道他現在在下班後，會到哪個圖書館做事情呢？

這次最主要會回台北的原因，其實是Amy姊約了我和冠宏一起吃飯。從我復學之後到現在，我們也有三年沒有見面了。

雖然沒有見面，但是也沒有斷了聯絡，我跟Amy姊變成什麼都能說的那種朋友關係，我也經常跟她分享大學生活的大小事。冠宏甚至還開玩笑的說，我跟Amy姊明明是因爲他才認識的，但現在他卻被我們兩個給冷落了。

因爲前年年底爆發的大規模流行病，現在在外用餐的限制變得很多，於是我們從高島屋百貨外帶了食物，到Amy姊三年前在德行東路上買的房子中，一起分享彼此的近況。

位於天母的外圍，這一區跟我家那邊相比，環境顯得更加吵雜、街道顯得更擁擠、機車也很多。不過優點是對外交通比較方便，過了福林橋就是士林了，走路也可以到芝山捷運站，對於每天都要通勤去上班的Amy姊來說，住這邊的確比較合適。

「妳最近的生活怎麼樣啊？」冠宏問了Amy姊，已經三十六歲的他，看起來還是很帥氣。

我們一邊吃飯，一邊閒聊著。

「被房子的貸款壓得很辛苦呢！難怪現在的年輕人都不想買房了。」Amy姊說著。

「不過Amy姊選擇了自己喜歡的方式生活，正用自己的步調前進著。」我對她說。

「是啊！所以再辛苦都能夠撐下去的。」她笑著對我說：「感覺你也改變了很多哦！第一次看到『快樂』出現在你身上。」

「這都要謝謝你們。」我說著，回想著把自己從毫無意義的那年之中拖出來的冠宏和Amy姊。

「但是最後那步是你自己跨出的哦！」

「那時候我知道妳原來是輔導老師後，我還一度覺得妳講的那些不過都是在裝模作樣罷了。」
「你們高中生就是很難搞啊！」她笑著說。
「那你現在過得怎麼樣？」換我問了冠宏。
「就一個人過著很規律的生活。」他平淡的說。
「你分手了？」Amy姊問他。我知道他在這段時間內，曾跟一個叫做阿龍的大學時代的同學在交往著。
「嗯，分了。」
「爲什麼分手的？」
「沒有什麼特別的原因啊！就只是緣分到了。」他笑著說：「而且我也覺得現在這樣的生活，我很滿意。」
「我們都活成自己想要的樣子了。」Amy姊喃喃自語的說道。
「那妳呢？」冠宏問了她：「有找到新對象了嗎？」
她放下手中的筷子，對我們露出了笑容。
「不會吧！眞的有？」
「你們是在哪認識的？」

我跟冠宏兩個人七嘴八舌地發問。

「他是我去參加研習時認識的。」Amy姊一邊笑著一邊緩緩的說：「他小我一歲，帶著黑框眼鏡，看起來明明就像是體育老師，教的科目卻是國文。他是個跟冠宏一樣溫柔的人哦。」

Amy姊接著說：「他是梃愚你們學校的老師哦。」

好神奇，當圍繞在自己身邊的那些什麼，突然被串連在一起時，那種感覺好神奇。

彷彿世界本來就都是相連在一起的，所有的一切也都是相通的。一旦開始這麼想事情之後，視線也變寬廣了，心胸也變得寬大了。

「那什麼時候要結婚啊？」冠宏笑著說：「妳不結婚的話，總覺得心裡一直還有疙瘩在。」

「我跟他才剛認識欸！我還要再多跟他相處啊！萬一他喜歡男生怎麼辦？」

「什麼嘛！」冠宏說著。說完我們三個都笑了出來。

飯局結束後，我在家裡住了兩天，然後在禮拜日下午搭上高鐵，準備回台中。

這次回台北，我還從房間的角落中，把那封信找了出來。
那是我車禍後昏迷時，哥哥坐在一旁寫給我的信。
我把信放到後背包裡，帶回台中。
車輪跟軌道依然摩擦著。
在我終於振作起來的那天，在我主動找了他要談話那天，哥哥是到那天才把這封信交給我的。
「哥！」不知道有多久了，我沒有主動叫過他。「我想跟你聊聊天。」
雖然有點驚訝，不過他還是輕輕地回覆了我：「什麼事？」
到底聊了什麼事情，詳細內容已經記不清楚了。
我只記得那天我們說了好多話，講了好多以前的事情。
我們並肩坐在發沙上看卡通的樣子、我們在客廳一起玩積木的樣子、一起在天母東路上，要走去三玉國小的我們那小小的身影、還有坐在父親的BMW後座時，車上播放著張清芳所演唱的歌曲。這些回憶在腦海中，好清晰地浮現。
很平和，我和哥哥的對話很平和。
在那個瞬間我才明白，我根本不需要獲得哥哥的認可，因爲他從來就沒有不認可過我、也從沒有想過要拋棄我。

那天哥哥也問了我，是不是還喜歡著他。

我知道他說的是陳子毅。

我想到現在，我對他的感覺都還是一樣的，即使我從來沒有跟他說過「我喜歡你」這四個字。

哥哥給的那封信、那個我會一直喜歡的人、那個曾三度把我從黑暗中拯救出來的人、那個夢境。

這些在心裡不斷發酵的什麼，伴隨著我持續向前。

「階級」沒有消失過。

即便如此，也要用自己的速度向前。

曾經那個脆弱又不安的自己、站在台上就瑟瑟發抖的自己，現在要用什麼樣的姿態，前往哪裡呢？

車窗外的夕陽西下，一望無際的天空，被染成橘色。

高鐵一路向南，而未來也無限寬廣。

梃愚：

看著在病床上，遲遲還沒有醒過來的你，讓我坐立難安，所以我在病床邊寫下了這封信。

我在想，如果我們沒有疏遠過，你今天或許就不會出車禍了吧？不知道為什麼，我一直這麼覺得。

如果我曾主動關心過你，一切一定都會不一樣，但是我沒有這樣做。

很抱歉，等待你甦醒的過程，我擅自看了你的手機。

因為我想知道，是誰找你出去，是誰能夠讓你這麼奮不顧身。

但是看過你的手機內容後，我才知道，你一直都那麼的痛苦，一直以來都在尋求幫助，你不斷對身邊的人發出你快撐不下去的信號，可是我和爸爸媽媽都沒有發現。

你一定很痛苦吧。

其實，我從小就喜歡被你依賴的感覺。

不管是在沙發上、走路去國小的人行道上、還是回爺爺奶奶家面對眾多親戚時，你躲在我背後拉著我的衣角時，我一直很喜歡那種感覺，也一直把它視為身為哥哥的責任。

就算比你早誕生四個小時而已，我還是哥哥。

我願意讓你這樣依靠著，直到我發現你開始抗拒。

我想過很多關於你抗拒的原因。

或許是爸爸總是拿我們來比較，給了你龐大的壓力；或許是你想要學習著獨立和勇敢。

我一直這麼認為著，卻從沒去想過，我總是認為自己要比你厲害，才能成為被你依靠的對象這樣的態度，讓你快要喘不過氣。

我們同歲啊！

我理所當然地認為你只要能依靠著我就好，不管爸爸怎麼說。為了要能夠讓你安心，我不斷向前，不斷努力的向前，我希望自己變得更強，能在你被爸爸責罵時出來保護你。

但我卻忽略了。

我從來沒有回頭在乎過你的感受，從來沒有問你跟不跟的上，我只是一直拼命向前。

等到我意識到你已經跟不上我的時候，我們已經變得疏遠了。

等到我意識到你的痛苦時，你卻躺在病床上。

但是我想告訴你，一直以來，就算痛苦，就算撐不下去的你，也努力地走到了這裡。

你靠著自己走到了這裡。

我想，今後不管面對什麼樣的事情，你也一定沒問題的。

所以，無論如何，你要醒過來。

梓愚。

國家圖書館出版品預行編目資料

夕陽之後／賴邱和也 KAZUYA RAIKYU著. --初版.--臺中市：白象文化事業有限公司，2021.11
面； 公分
ISBN 978-626-7018-78-1（平裝）

863.57　　110014403

夕陽之後

作　　者　賴邱和也 KAZUYA RAIKYU
校　　對　賴邱和也 KAZUYA RAIKYU
發 行 人　張輝潭
出版發行　白象文化事業有限公司
412台中市大里區科技路1號8樓之2（台中軟體園區）
出版專線：（04）2496-5995　傳真：（04）2496-9901
401台中市東區和平街228巷44號（經銷部）
購書專線：（04）2220-8589　傳真：（04）2220-8505
專案主編　李婕
出版編印　林榮威、陳逸儒、黃麗穎、水邊、陳媁婷、李婕
設計創意　張禮南、何佳諠
經銷推廣　李莉吟、莊博亞、劉育姍、李如玉
經紀企劃　張輝潭、徐錦淳、廖書湘、黃姿虹
營運管理　林金郎、曾千熏
印　　刷　基盛印刷工場
初版一刷　2021年11月
定　　價　350元